在回憶消逝之前

思い出が消えないうちに

川口俊和

Toshikazu Kawaguchi

丁世佳——譯

【給台灣讀者的作者序】

致台灣的各位讀者：

聽說我的兩本小說《在咖啡冷掉之前》與《在謊言拆穿之前》在台灣也有廣大的讀者，這讓我非常高興。此次作品名為《在回憶消逝之前》，我試著回顧自己在成為小說家之前的經歷。

川口俊和是我的本名，出生於一九七一年四月三日，日本櫻花綻放的季節。老家開理髮店，從我懂事起就習慣家裡到處都是假髮（戴在假人頭上練習剪髮用的），現在回想起來，還真是有點讓人不舒服的環境。小時候，我是個手很靈巧、喜歡拆解家電的小孩，只要有機會，就算是沒壞的東西也會被我拆解，很會惹麻煩。

上了小學，我很不愛唸書，只擅長做勞作，每年都會得個什麼美術獎之類的。直到小學三年級為止，我總是說著「以後要當木匠」。但自從聽到當時電視上播放的動畫「怪博士與機器娃娃」原作者鳥山明老師的年收入為兩億日圓時，就決定「我也要當漫畫家」，便開始用鉛筆在筆記本上畫漫畫。

這是我人生第一個轉捩點。要是沒有鳥山明老師，我一定會跑去當木匠。

中學之後，參加了籃球社，由於受不了學長們囂張的態度，便毅然決然退出了。在那之後還參加過橄欖球隊；中學一年級時的文化祭，我在班上提議要做幾十個、一百二十公分左右的迷你版兵馬俑，還上了報紙；三年級時，我也當了學生會長。

然而，高中生的我一心只想去東京當漫畫家，所以成天逃課，遲到早退。

就在這個時候，我走到了人生第二個轉捩點。

高中二年級的夏天，「既然成天蹺課又不唸書，那不如乾脆不要上學算了。」就在我開始萌生這樣的念頭時，戲劇社團的女生希望我能協助後勤工作。我本來就喜歡製作東西、構思故事，因此就答應了。那個時候，完全沒想到自己將來會成為舞台劇的導演，甚至將表演撰寫成小說。

其實我曾和母親說過不想念高中，結果讓母親悲傷哭泣，只好斷了退學的打算。為了在畢業之前打發時間，便到戲劇社去幫忙，然而，因為這個契機而接觸了戲劇，毫無疑問地徹底改變了我的人生。

人生正是如此，一個漫不經心的選擇，常常就可能成為重大的分歧點。

我在四十歲之前從來沒寫過小說，也不擅長看小說，一年頂多看個兩三本，要不然就是沒時間。開始拼命看小說是在自己創作小說之後才開始的。而現在的我，正以小說家的身分活動著。

老實說，現在支撐我生活的，既不是成為漫畫家，也不是從事了二十多年的戲劇，而是因為我身為小說家。

漫畫、戲劇和小說，在這些分野當中，我接觸時日最短的就是小說，甚至可以說是個生手。但正因為是生手，寫作時總是十分煩惱，經常無法將腦中的想法好好地用文字表達出來，甚感困難。但是，現在我的小說已經被翻譯成十幾國語言，並擁有廣大的讀者群，我真的覺得非常不可思議。

那麼，曾經想成為漫畫家，以及所從事的戲劇活動，就都沒有意義了嗎？我並不這麼認為。想成為漫畫家、從事戲劇活動，一定都是為了我能成為小說家而鋪的路。

因為想當漫畫家，所以我學會了構思故事；因為從事戲劇活動，所以可以具體地看到人物的表情而加以描寫。

人生是由過去、現在以及未來所組成。我的人生從家電分解開始，到想成為漫畫家，然後進入戲劇的世界，現在則當上小說家。

然而，這可能也不是最終的目標。或許我成為小說家，是為數十年之後我想做的事鋪路也未可知吧？

這麼一想，就覺得人生是無法預期的，因為在此之前，我作夢也沒想過會當上小說家（笑）。

未來就是因為無法預期，所以才有趣的吧。

身為小說家的我還尚未成熟，但這次的作品卻是全力寫出自己想描繪的故事世界。不管哪個故事，就算只有一行、一句話，只要能打動各位的心靈，我都非常高興。

再次感謝台灣的讀者！

由衷地謝謝大家！

川口俊和

序幕

某個城鎮裡，某家咖啡店的某個座位上，有著不可思議的都市傳說。

據說只要坐上那個座位，坐在那個座位上的期間，就能移動到任何你想回去的時間點。

只不過，囉唆的是……有著非常麻煩的規矩。

一、就算回到過去，也無法見到不曾來過這家咖啡店的人。

二、回到過去之後，無論如何努力，也不能改變現實。

三、神秘的座位有人，必須等到那個人離席時才能去坐。

四、即使回到過去，也不能離開座位行動。

五、回到過去的時間，只從咖啡倒進杯子裡開始，到咖啡冷卻時為止。

囉唆的規矩還不止這些。

即便如此，今天也還是有聽說了都市傳說而造訪這家咖啡店的客人。

聽說了這麼多的規矩，
你還是想回到過去嗎？

這本書講的就是這家不可思議的咖啡店裡，發生的四個溫暖人心的奇蹟。

第一話【混蛋】：說不出這兩個字的女兒的故事。
第二話【幸福嗎？】：沒能問出這句話的搞笑藝人的故事。
第三話【對不起】：無法道歉的妹妹的故事。
第四話【喜歡妳】：心意說不出口的青年的故事。

要是能回到那一天，你最想見到誰？

在回憶消逝之前　目次

第一話 【混蛋】

「為什麼在北海道啊？」
時田計尖銳的聲音透過電話筒傳來。
「好啦，不要激動。」
時田流沒有時間眷戀相隔十四年後再度聽到的妻子聲音。
流目前人在北海道的函館市。
函館有許多二十世紀初期建造的西洋風格建築，有好些一樓是和風、二樓是洋風的特殊構造民宅，而山腳下的元町則有著舊函館區公會堂、日本最古老的四角電線桿、灣區的紅磚倉庫等等，是非常有情調的著名觀光聖地。
現在跟流講電話的是計，她人正在能夠進行時間旅行的東京咖啡店「纜車之行」裡。
計為了跟自己的女兒見面，因此穿越了十五年的時光，從過去來到未來。而她在未來的咖啡店停留的時間，只有在咖啡冷卻之前的短短時光。然而，身處在北海道的流不可能知道咖啡冷卻的程度，所以只能簡略地說明必須傳達的事。

「我沒時間說明為什麼我人在北海道，但妳仔細聽我說。」

「哎？沒有時間？」

當然，計也非常清楚他們沒有時間。

「沒有時間的是我吧！」

計不客氣地叫喊起來，但流不理會她。

「那裡有個看起來像是中學生的女孩子吧？」

「咦，看起來像中學生的女孩子？有啊，就是大概兩星期前，從未來過來跟我照相的嘛？」

對計而言，可能只是兩個星期之前的事情，但對流來說已經過了十五年了，所以他不能搞錯，難保不會有偶然來到店裡的其他女高中生。

「眼睛水靈靈的，穿著高領上衣，對吧？」
「對對，那個孩子怎樣？」
「不要驚慌聽我說。妳搞錯了，現在是十五年以後。」
「……？你說什麼？我聽不清楚啦！」
分明有重要的事情得說明，偏偏強風就在這時候吹起。風呼呼地吹著流的手機話筒，讓計幾乎聽不到他說話的內容。
但是，沒有時間了，流十分地著急。
「總而言之，妳眼前的那個女孩子……」
流不由得提高了音量。
「哎，什麼？那個孩子……」
「是我們的女兒！」
「……啊？」
手機那頭安靜了下來，流只聽到計所在的纜車之行咖啡店裡的老爺鐘，咚

——地敲響起來。

他輕輕嘆了一口氣，開始平靜地對計說明目前的狀況。

「妳說要前往未來時，講好了是十年後，所以妳以為自己的孩子大概十歲左右。但恐怕妳去的並不是十年之後的下午三點，而是十五年之後的上午十點。看仔細了，中間的老爺鐘指著十點，對吧？」

「……啊，嗯。」

「妳回來以後說過，我們因為不得已的理由在北海道。我想妳應該明白，反正沒時間了就不再多做說明。總之……」

流一口氣說到這裡，接著又換了一口氣。

「總之，雖然時間很短，但還是好好看一下我們平安長大的女兒之後，再回來吧。」

他溫柔地說完，便直接掛了電話。

流眼下所在的地方，是可以看見筆直的坡道，和盡頭湛藍的函館港。他靜靜地望著，接著轉過身，走進店內。

喀啦哐噹。

函館是坡道的城市，從日本最古老的水泥電線桿開始往上延伸的二十間坂，以及有名的觀光勝地函館灣區的紅磚倉庫附近的八幡坂等等，總共有十九條坡道。從函館碼頭站前開始是魚見坂、船見坂，然後接著是往谷地頭方向延展的蛤蜊坂、青柳坂等等。

在這麼多的坡道中，有一條不為觀光客所知，也沒有正式名稱，被當地人稱之為「無名坂」。而流工作的咖啡店，就在這條無名坂的中段，店名叫做「多娜多娜咖啡店」。

這家咖啡店的某個座位上，有著不可思議的都市傳說。

據說，只要坐上那個座位，就能移動到任何你想回去的時間點。

只不過，囉唆的是……有著非常麻煩的規矩。

一、就算回到過去，也無法見到不曾來過這家咖啡店的人。
二、回到過去之後，無論如何努力，也不能改變現實。
三、神秘的座位有人，必須等到那個人離席時才能去坐。
四、即使回到過去，也不能離開座位行動。
五、回到過去的時間，只從咖啡倒進杯子開始，到咖啡冷卻為止。
囉唆的規矩還不止這些。

即便如此，今天也還是有聽說了都市傳說而來造訪咖啡店的客人。

流打完電話回來，坐在櫃臺位子上的松原菜菜子立刻開口呼喚他。

「流先生不留在東京真的好嗎？」

菜菜子是函館大學的學生，她的米色上衣塞進裙褲裡，正是現下最時髦的打扮。妝感很淡雅，略微燙過的頭髮隨意束在腦後。

菜菜子聽說今天流去世的太太，要從過去的東京咖啡店來到現在見女兒。

這分明是流時隔十四年終於能跟太太見面的機會，但他卻不在場，甚至只打了通電話過去。對她而言，這實在太不可思議了。

「嗯，沒事。」

流含糊地回應，並從菜菜子等人的背後走回櫃臺內側。

菜菜子旁邊的村岡沙紀滿臉困倦的表情，拿著一本書坐著。沙紀是函館某家綜合醫院的精神科醫生，跟菜菜子一樣，是這間咖啡店的常客。

「您不想跟尊夫人見面嗎？」

菜菜子好奇的眼神緊盯著身高將近兩公尺的流。

「那傢伙，就是那樣，所以……」

「是怎樣？」

「她是來看女兒的，又不是來見我……」

「但是，」

「沒關係。我有和她相遇之後的回憶，所以……」

所以至少讓她們能好好珍惜母女倆在一起的時間。流是這個意思。

「流先生，好體貼啊——」

菜菜子的語尾拖得很長。

「不是這樣的。」

流的耳朵紅了。

「不用不好意思啊。」

「我沒有不好意思！」

流說著，好像逃避一樣的消失在廚房裡。而接替他從廚房裡走出來的，是時田數。

數是這家咖啡店的女服務生，她穿著白襯衫和米色長裙，繫著淺藍色的圍裙。數今年已經三十七歲了，但看起來大方爽朗，給人的印象比實際年齡年輕許多。

「到第幾個問題了？」

數走到櫃臺後面，突然改變了話題。

「嗯？啊，第二十四題。」

回答數的人是好像對流的話毫無興趣，只在菜菜子旁邊專心看著一本書的沙紀。

「啊，這麼說來……」

菜菜子像是突然想起什麼一樣，探過頭去看沙紀手上的書。

沙紀刷刷地翻回幾頁，出聲唸出書上的內容——

如果明天就是世界末日的話？一百個問題。

第二十四題：

您現在有最愛的男性，或是女性。

要是明天就是世界末日的話，您會採取什麼行動呢？

①不管三七二十一，先求婚。

②因為沒有意義，所以不求婚。

「怎樣，選一還是二？」

沙紀從書本上移開視線，望著隔壁菜菜子的臉。

「啊——，要選哪個呢？」

「哪一個？」

「醫生要選哪個？」

「我？我搞不好會選一。」

「為什麼？」

「因為我不想在死掉的時候後悔。」

「原來如此。」

「咦，菜菜子要選二嗎？」

「嗯。」

聽到這個問題，菜菜子把頭扭到另一邊，低聲應道。

「要是清楚知道對方喜歡還是討厭自己的話，求婚也不是不行，但要是說不準的話，搞不好就不會求婚了……」

「這是怎麼回事？」

沙紀好像聽不太懂菜菜子話中的含意。

「哎，就是說，我若知道求婚的對象喜歡還是討厭我的話，就不會讓對方困擾了，不是嗎？」

「嗯。」

「但要是人家根本不把我放在心上，我卻求婚了，對方就得重新考慮對我的看法，所以我不願意讓他煩惱。」

「啊──，的確，確實會這樣呢。特別是男人。分明根本就不喜歡，但是情人節收到巧克力之後，又突然在意起對方之類的傢伙？」

「要是明天就是世界末日的話，卻讓對方增加一件煩惱，感覺不太好吧。

在這種情況下還是答不出來，對方也會感到不舒服吧。所以，雖然我不認為這是沒有意義的事，但多半還是不會求婚的。」

「菜菜子啊，妳會不會太認真了？」

「哎，是這樣嗎？」

「是啊。明天又不是真的世界末日。」

「……也對啦。」

流在離開店裡打電話之前，她們就這樣一直重複著類似的對話。

「順便問一下，數小姐會選什麼呢？」

菜菜子把身子探到櫃臺上，沙紀也充滿興趣地望向數。

「我的話……」

喀啦哐噹。

「歡迎光臨。」

牛鈴的聲音讓數反射性地朝咖啡店的入口說了這句話，她的臉瞬間換上了工作時的客套表情，而菜菜子她們也非常識相地沒有繼續追問。

「我回來了。」

走進來的是一個穿著淺粉紅色洋裝的女孩子，用開朗的聲音說道。

女孩抱著一個好像很重的托特包，手裡握著一張風景明信片。她的名子叫做時田幸，是數的女兒，今年剛滿七歲。她的爸爸，也就是數的先生，是世界知名的攝影家，叫做新谷刻。戶籍上新谷入贅了時田家，但在工作上仍沿用原來的姓氏。他的工作是往來於世界各地拍攝風景，一年只有幾天會回到日本，因此新谷會從國外把自己拍的照片做成風景明信片，寄回來給幸。

「妳回來啦。」

說話的是菜菜子。

「早安。」

數望向小幸身後的青年說道。

青年名叫小野玲司，在這家咖啡店打工。他穿著工作褲和白T恤，打扮隨意，可能是急急爬上坡道吧，呼吸有點急促，額頭上滲出汗水。

「剛好在外面碰到……」

沒人提問，他卻解釋了跟小幸一起進來的理由，然後消失在廚房裡，開始替兩小時後的午餐時段做準備，在外頭可以依稀聽見他跟流打招呼的聲音。

小幸在能眺望函館港的大窗旁的桌邊坐下，簡直像是在自己房間的書桌前一樣。

店裡的客人除了菜菜子她們之外，只有一個坐在入口附近桌位的黑衣服老紳士，和一位坐在四人桌位上跟菜菜子差不多年紀的女子。那女子一開店就在那裡，什麼事也不做，只心不在焉地望著窗外。

這家咖啡店的營業時間很早，從七點就開始，方便為了逛早市的觀光客們服務。

小幸把抱在懷裡的托特包放在桌上，包包出乎大家意料地發出咚地一聲。

「咦，是什麼？又從圖書館借書了嗎？」

「嗯。」

「小幸真的很喜歡看書吔。」

「嗯。」

一大早就去圖書館，是小幸放假時的習慣，這點菜菜子很清楚。今天是小學的創校紀念日，因此放假一天。

小幸開心地開始把借來的書排在桌上。

「妳平常都看什麼書？」

沙紀也從櫃臺座位上探頭過來。

「我瞧瞧。」

菜菜子伸手拿起桌上的書。

「虛數和整數的挑戰。」

沙紀也拿起一本。

「有限宇宙的啟示錄。」

「現代量子力學與必勝節食。」

菜菜子跟沙紀輪流唸出書名。

「從畢卡索學到的古典美術爭論點。」

「孔可立康空精神世界。」

一本本拿起的書，讓兩人臉上漸漸沒了表情，這些書名似乎讓她們受了不小的衝擊。

桌上還有沒唸出書名的書，但兩人已經放棄了。

「怎麼全是好難的書啊？」

菜菜子皺著臉說。

「很難嗎？」

小幸把頭歪到一邊。

「要是能看得懂的話，那我搞不好就得叫小幸『醫生』了……」

沙紀望著《孔可立康空精神世界》，嘆了一口氣說道。看來這本書好像是在精神科工作的沙紀會看的醫學書籍。

「她看不懂的，只是喜歡看字而已。」

數在櫃臺後方像是要安慰她們似的說道。

「就算這樣也還是……，對吧？」

「是啊。」

她們的意思好像是想說，這也不是一個七歲女孩子會選的書啊。

菜菜子回到櫃臺前的位子，拿起沙紀剛剛在看的那本書，嘩啦嘩啦地翻著書頁。

「對我而言，這種書可能剛剛好也說不定……」

她的意思是沒有密密麻麻的小字，一頁只有幾行文字的書。

「這是什麼？」

小幸對那本書也很有興趣。

「要看看嗎？」

菜菜子把書遞給了小幸。

「如果明天就是世界末日的話？一百個問題。」

小幸雙眼閃閃發光地唸出書名。

「好像很好玩！」

「要試試嗎？」

「嗯！」

書是菜菜子帶來的，而小幸會對這本書感興趣，讓她很開心。

小幸笑著回答。

「那就從第一個問題開始吧。」

「說的也是。」

菜菜子也同意沙紀的提議，接著她把書翻到最開頭的地方開始念——

如果明天就是世界末日的話？一百個問題。

第一題：

您的面前有一間就算世界末日到了，也能拯救一個人的房間。

如果明天就是世界末日的話，您會怎麼做呢？

①進去。

②不進去。

「好了，妳選哪個？」

菜菜子用清澈悅耳的聲音說道。

「……嗯。」

小幸皺起了眉頭。

菜菜子跟沙紀都面帶微笑地望著認真煩惱的小幸側臉，不管怎麼說，小幸果然還是個七歲的孩子，她們都安心了。

「這問題對小幸來說太難了嗎？」

菜菜子望著小幸的臉問道。

「我不進去。」

小幸毅然地說。

「咦？」

她堅決的態度讓菜菜子困惑，因為她自己的答案是「進去」，旁邊的沙紀也一樣。

在櫃臺後方的數，帶著平靜的表情傾聽著三個人的談話。

「為，為什麼？」

開口詢問的是菜菜子。她的聲音稍微大了一點，因為七歲的女孩子回答：「不進去。」著實讓她吃了一驚。

小幸完全不介意菜菜子她們的困惑，挺直了背脊，說出了令人意想不到的理由。

「因為，自己一個人活下來的話，就跟自己一個人死掉是一樣的啊！」

「……………」

所謂的啞口無言，指的就是這種情況吧。

菜菜子呆呆地張著嘴，說不出話來。

「真是敗給妳了。」

沙紀說道，低頭搖晃著腦袋，這完全出乎意料的答案讓她不得不服輸。

菜菜子和沙紀面面相覷不約而同地心想，這個孩子搞不好真的看得懂那些困難的書也說不定。

「喔，在玩啊？」

穿上圍裙從廚房出來的玲司說道。

「因為最近非常流行啊。」

「連玲司也知道這本書？」

沙紀有點驚訝。

「說『連』是什麼意思啊？」

「不是啦，你不像是會看書的樣子……」

「把書借給這傢伙的，可是我喔。」

這傢伙指的是菜菜子。菜菜子跟玲司是青梅竹馬，就讀同一所大學，因此兩人說起話來的語氣非常地隨便、沒分寸。

「這樣啊？」

「是的。這本書在我們學校也非常熱門，因為內容很有趣，所以就跟他借來看看……」

「這麼受歡迎嗎？」

沙紀伸出手表示，借我看看。菜菜子把書遞了過去。

「大家都在玩啊。」

「啊——，也不是不能理解啦。」

的確，沙紀自己在剛才流因為要打電話而中途離席之前，也非常熱烈地玩起來，現在連七歲的小幸也玩開了。聽說這本書很流行，果然有其道理，她甚至覺得搞不好全日本都很熱衷呢。

「原來如此。」

沙紀再度翻閱書頁感嘆道。

「謝謝招待。」

從店開門就坐在那裡的女性客人起身說道。

玲司邁開小快步走向收銀台，接過帳單。

「冰茶和蛋糕的套餐，對吧？七百八十日圓。」

他說道。

女客沒有回答，只從肩上的包包裡拿出皮夾，一張照片掉在地上，然而，女客並沒有發覺。

「那就這樣。」

她遞出一張千圓鈔票。

「收您一千日圓。」

玲司按著收銀機發出嗶嗶的電子音，收銀機抽屜叮噹一聲打開，他熟練地找出零錢。

「找您兩百二十日圓。」

女客默默地收下玲司遞過來的零錢。

「那孩子說的沒錯。要是得自己一個人活下去的話，不如死了比較好。」

她彷彿喃喃自語般地說，便離開了店裡。

喀啦哐噹。

「謝謝……惠顧……」

玲司送客的腔調有氣無力。

「怎麼啦？」

沙紀詢問把頭歪向一邊走回來的玲司。

「竟然說，不如，死了比較好……」

「咦？」

菜菜子吃驚地叫出聲來。

「啊，沒有啦！是剛才那個人說的，要是得自己一個人活下去的話，不如死了比較好……」

玲司急忙補充說明。

「別嚇人啊！」

菜菜子在玲司走過她身邊的時候，「啪」地在他背上拍了一掌。

「但是……」

沙紀驚訝地轉向數。

這種話還是不能當做沒聽到。

「是啊。」

數說著，凝視著店門口。

瞬間，時間好像停止了。

「接下來呢？」

小幸的聲音讓大家回過神來，她的眼神中充滿了對《一百個問題》後續的期待。

但是沙紀望向老爺鐘。

「唉喲，已經這麼晚了……」

她邊說著邊站了起來。

鐘面的時間是上午十點半。

這家咖啡店有三座從地上到天花板的大老爺鐘，一座在店門口附近，一座在店中央，還有一座在能眺望函館港的大窗旁邊。沙紀確認時間時是看著店中央的座鐘，因為她知道門口那座快了幾小時，而窗邊的鐘則走慢了。

「要去上班嗎？」

「對。」

沙紀回答，不慌不忙地從錢包裡拿出零錢。她家離這間咖啡店非常近，上班之前來這裡喝咖啡是她每天的習慣。

「接下來呢？」

「下次再看吧。」

沙紀對小幸一笑，把三百八十日圓咖啡錢放在櫃臺上。

「妳先看從圖書館借回來的書吧。」

數對著有點不捨地低下頭的小幸說道。

「嗯。」

小幸的臉色一下子又開朗起來。她可以同時看好幾本書，剛才遺憾地低著頭，可能是因為第一次跟別人同看一本書的緣故吧。也就是說，她其實是很開心的。雖然有難過了一會兒，但數要她先看別的書時，又讓她開心了起來。反正都是看喜歡的書，這點沒有改變。

「她真的很喜歡看書呢。」

菜菜子佩服地說，並用羨慕的眼神望著小幸，因為她自己沒法看那麼困難的書籍。

「那就掰掰啦。」

沙紀跟大家揮手道別。

「謝謝惠顧。」

玲司的聲音跟剛才送客時不同，非常地有精神。

「啊……要是麗子小姐有過來的話，幫我看一下她的情況。」

沙紀在門口突然轉過身，對數說道。

「我知道了。」

數微微點頭，開始收拾沙紀的杯子。

「麗子小姐怎麼了嗎？」

菜菜子問道。

「有點事情。」

沙紀只說了這句話，便走出了咖啡店。

喀啦哐噹。

「啊，沙紀小姐！」

菜菜子發現掉在門口的照片，出聲叫住沙紀，但是沙紀沒聽到菜菜子的聲音，已經快步離開了。

菜菜子急急走到收銀台前，把照片撿起來，想追出去交給她。

「咦？」

她扭過頭發出疑惑的聲音。

「數小姐，這是……」

菜菜子沒有追出去，反而把照片交給了數。

「我以為是沙紀小姐掉的，但好像不是……」

照片裡的人並不是沙紀，而是一個年輕女子抱著嬰兒，身邊是年紀相仿的男人。

同時還有另外一個人——時田由香里。

由香里是這家咖啡店店長流的母親，也是數的母親——時田要的姐姐。她是一個自由奔放，隨心所欲的行動派，與個性認真、責任感強、把別人的情況放在第一位的流完全相反。

由香里在大約兩個月前，跟來這家咖啡店的美國少年一起前往美國，去尋找少年失蹤的父親。這家咖啡店突然沒了店主，只剩下打工的玲司，本來是要暫停營業等由香里回來的。

另一方面，由香里原本打算在暫停營業期間，也要支付玲司打工費，心想，這樣應該就不會造成任何人困擾了吧。但玲司的臉皮實在沒辦法厚到這種地步，剛好當時他去了一趟東京，就順便到流的「纜車之行」咖啡店跟他商量，看有沒有什麼辦法能繼續開店。流聽說了這個狀況，覺得自己該為母親任性的行為負責，因此便前往函館來當代理店長。

這就是流把女兒一人留在東京，自己來到函館的原因。

然而，問題並沒有解決。

其實函館這家咖啡店也跟「纜車之行」一樣，有個可以回到過去的座位，也就是靠近門口穿著黑衣服的老紳士坐著的位子。

但是流泡的咖啡無法讓人回到過去，只有擁有時田家的血脈、年滿七歲的女孩子才能泡回到過去的咖啡。

現在擁有時田家血緣的女性是由香里、數、流的女兒美紀、數的女兒幸這四人。只不過懷了女孩之後，母親的能力便會由女兒繼承了。

由香里去了美國不在店裡，數的能力由幸繼承，流的女兒美紀為了跟從過去前來的母親見面而留在東京。這樣一來，函館的店裡能泡咖啡的，就只剩下幸了。

最糟糕的情況，就是只有流搬到函館經營咖啡店，不泡回到過去的咖啡。

然而，今年已經七歲的小幸，主動提出自己也想到一起前往。不過，小幸畢竟只有七歲，不能離開母親自己生活，因此數跟流提議，就她們母女倆到函館來顧店也可以，但流對於自己母親任性的行為有責任，無法就這樣答應她。

這時，推了流一把的人是美紀。

「二美子小姐跟五郎先生都說會幫忙了，沒問題的。只到由香里阿嬤回來就好了，不是嗎？我自己沒問題的。」

她一說，這件事就這麼決定了。

由於幸自己說要跟來的，考慮到可能會住上好一陣子，還辦了轉學手續。

如此這般，東京的咖啡店由十幾年來的常客二美子和五郎負責；而流、數和小幸三個人則是來到了函館。

要說有放心不下的事，那就是由香里什麼時候回來啊？

那張照片裡有由香里的身影。

「照片中的由香里阿姨啊？好年輕喔，而且好漂亮。這是幾十年前的照片？」

常客菜菜子在由香里去美國之前還見過她，說的話應該不會錯。照片上的由香里，年輕得讓菜菜子掩飾不住驚訝的表情。

「這是早上一直坐在那裡的女客人掉的吧？」

數好像也同意她的想法，微微點了頭。

「數小姐，照片後面有寫字。」

菜菜子發現照片後面的文字。

「2030,827.20:31……？這是，今天的日期啊？」

照片裡的由香里那麼年輕，一定是很久以前的照片了。

但是照片後面的日期怎麼看都是今天，而且數字後面還有一行字——

能見到妳真是太好了。

菜菜子莫名其妙地把頭傾向一邊。

旁邊的數心想，今晚，會來……。

☕

當日晚間。

結束營業之前，多娜多娜咖啡店沒有客人，若硬要說有的話，就是靠近門口桌位上那位穿著黑衣服的老紳士，跟在櫃臺前看書的小幸而已。

「可以把外面的看板收進來了吧？」

玲司擦完所有的桌子後問道。

「……好啊。」

晚上七點三十分，外面天色已經全暗。

玲司走出去，打算把看板收進來，打開門的時候，牛鈴哐噹作響。

這家店通常營業到晚上六點，由於店位於坡道上，天色一暗，就幾乎不會有客人來了。只有暑假時天黑後偶爾會有年輕的觀光客進來，所以營業時間會延長到晚上八點。

離關店還有三十分鐘，最後點單的時間已經過了，數也開始收拾。

「小幸……」

數呼喚著坐在櫃臺邊看書的幸，然而她毫無反應。一向都是如此，雖然知道會這樣，還是要叫她一聲。

數把幸面前放的書籤拿起來，然後靜靜地放在她正在看的那一頁上。

「啊……」

幸好像突然回過神來一樣，抬起頭來。

「媽媽。」

她好像剛剛才發現數就在旁邊，果然沒有聽見數在叫她。

「店要關門了，妳去樓下先放洗澡水吧？」

「好。」

幸一溜煙地從椅子上下來，拿著剛才看的書，不疾不徐地走下門口旁邊的階梯。

幸和數住在這家咖啡店的樓下。雖然說是樓下，但建築依著山坡而建，樓下也有能眺望函館港的窗子。正確說來，可能居住空間是一樓，而咖啡店則是在二樓。

數走到收銀台前，準備要結算今天的營業額時——

喀啦哐噹。

她抬頭看著推門進來的客人，是白天的那位女性。

——果然來了。

最後點單時間已過，要是其他人的話，可能她就會拒絕。但是有今天的照片那件事……

「歡迎光臨。」

數靜靜地說，她凝望著那位女性。

這位女性名叫瀨戶彌生。白天她給人的印象，是跟菜菜子差不多年紀，約二十來歲左右，但實際年齡並不清楚。看著她臉上有點陰鬱的表情，數心想，搞不好她其實比外表看起來年輕也說不定。

彌生默默地望著數。

「她好像想回到過去。」

說話的是把外面看板收進來的玲司。

彌生仍舊一言不發，看著替她說話的玲司，然後再度望向數。

——是真的嗎？

她的眼神充滿了這種疑問。

「您知道規矩嗎？」

數回道，這句話也包含了「是真的」的意思在內。

「什麼規矩？」

玲司看見彌生的反應。

——這是連規矩也不知道，以為來了就可以回到過去的客人吧？

他朝數使了個眼色。

「我可以說明嗎？」

「當然可以。」

玲司跟數確認之後，轉身走到彌生面前。

他的應對完全沒有緊張或逞強的感覺，可能由香里在的時候，也是由玲司負責說明回到過去的規矩吧。

「確實可以。雖然能回到過去，但有非常麻煩的規矩。」

「規矩？」

「有四個重要的規矩。雖然不知道您為什麼想回到過去，但大部分人聽完這四個規矩，就會放棄直接離開了。」

聽見意想不到的回答，彌生眼裡浮現出困惑的神色。

「為什麼？」

數從彌生回答的聲音中聽出些微口音，心想，她可能是從關西來的。

——如果不能回到過去的話，那到底是為了什麼到函館來？

玲司好像感受到她的動搖。

「首先，第一個規矩。」

他以熟練的姿態舉起一根食指，開始說明。

「就算回到過去，無論如何努力，也不能改變現實。」

「哎？」

聽到第一個規矩，彌生就睜大了眼睛。

「要是您想回到過去將人生重新來過的話，那只是白費功夫。」

玲司自顧自地繼續說。

「這是怎麼回事？」

「請聽清楚了。」

彌生皺起眉頭，微微頷首。

「假設，現在您很不幸，比方說欠了債、失業了、被男朋友甩了、被騙了；總而言之，就是不幸福的話……」

玲司在彌生面前折著手指說道。

「因為現在不幸福，想回到過去重新來過，但不管如何努力，欠的錢也還是欠、工作還是沒有、被男朋友甩掉、被騙的現實完全都不會改變。」

「為什麼？」

彌生不由得激動起來，關西腔也更明顯了。

玲司這時也察覺了彌生是關西人。

「……就算問我為什麼，我也說不上來，規矩就是規矩。」

「請你解釋一下！」

彌生態度強硬起來，但玲司卻仍舊一派輕鬆。

「規矩是誰定的，什麼時候開始的，都沒有人知道。」

數在收銀台前伸出援手補充說明。

也就是說，無從解釋起。

「……誰都不知道？」

「這家咖啡店是明治初期開的，好像從那個時候就可以回到過去。但是，為什麼能回到過去，為什麼會有這麼多囉唆的規矩，確實沒有任何人知道。」

玲司拉出最近的一張椅子，反轉過來靠向椅背坐下。

「傳說是店裡一個人都沒有的時候，突然有一封信出現在桌子上……」

「信？」

「對，那封信的內容是這樣的……」

回到過去之後，無論如何努力，也不能改變現實。

「這個規矩很厲害吧！想回到過去的人，多半都是想重新來過，但回到過去之後，無論如何努力，也不能改變現實。也就是說，無法重新來過喔。」

玲司的眼睛閃閃發光，看得出這些謎一般不可思議的規矩讓他很興奮。當然，他那種事不關己看熱鬧的口吻，也讓彌生有點不舒服。

「……還有其他的嗎？」

她神色一冷低聲問道。

「您要聽嗎？通常大家聽到這一條規矩就回去了……」

「其他的呢？」

彌生又再問了一次，顯然有點不高興了。

「第二條規矩是這樣的。」

玲司挺起肩膀，繼續說明。

就算回到過去，也無法見到不曾來過這家咖啡店的人。

「咦？」

彌生滿臉詫異。

「這條規矩就是字面上的意思。」

玲司不慌不忙、實事求是地繼續說。

「為什麼？」

彌生的口音更重了。她心中充滿了疑問，一激動起來就露出了鄉音。

「要說為什麼，第三條規矩是……」

只有坐在這家店某個位子上的時候才能回到過去，而且即使回到過去，也不能離開座位行動。

「……因為規矩就是這樣。」

彌生忍住要喊出：「怎麼會有這種規矩！」的衝動，但她已經知道就算問了，也不會得到令人滿意的答案。

因為規矩就是這樣。

聽了一方面的說明，內容並不難以理解，所以……

「就算回到過去，也不能離開能回到過去的位子，因為有這條規矩，所以不能離開咖啡店。也就是說……」

「……沒有辦法見到不曾來過這間咖啡店的人。」

玲司說明到一半，彌生插進來說道。

「就是這樣。」

玲司用食指指向彌生，笑著說。

——分明沒有什麼好笑的。

她並沒有說出來，但卻不悅地別過臉。

「然後……」

「還有嗎？」

「還有第四條規矩……」

時間有限制。

「還有時間限制……」

彌生喃喃自語，閉上眼睛嘆了一口氣。

那我到底是為了什麼大老遠跑到函館來？她好像無言地這麼說。

玲司望著彌生的反應，從椅子上站起來。

「就是這樣。非常囉唆。不只您這樣，到這裡來的人多半聽完了這些規矩，就放棄離開了。」

他彷彿帶著歉意般微微低下頭。

話雖如此，對彌生而言，規矩也不是玲司訂的，他就算道歉，也完全起不了安慰的作用。

在此之前，聽說了這些規矩，很多客人都跟彌生一樣灰心喪氣。

但是那些客人大部分都在受驚之後很快地放棄，其中也有並不是真的想回到過去的人，甚至有人會說，之所以有這麼多囉唆的規矩，其實是因為根本不能回到過去而故意編出來唬弄人的。

「請讓我回到過去。」這麼說的客人，也需要有個正當的理由放棄，像是說出：「根本是騙人的嘛！」這樣也是能讓自己感到心安理得。

所以，數她們覺得不管別人怎麼說都無所謂，因為真的有回到了過去的人……，這次也一樣。

就算彌生破口大罵：「這樣根本是詐欺！」數大概也只會回答：「說的也是。」

然而，玲司發覺自己忘了一件重要的事。

白天彌生離開時所說的話……

——要是得自己一個人活下去的話，不如死了比較好。

玲司在這家咖啡店工作已經五年了。在這五年間，說要回到過去的客人雖然都很認真，但多半聽到無論怎麼努力也不能改變現實之後，就會離開了。

所以他的態度也不由得嘲諷起來。

——我怎麼就忘了這麼重要的事呢……

玲司望著默默站在自己面前的彌生，後悔自己沒有早點想起來。

店裡只有老爺鐘的指針走動的聲音。

能眺望函館港的窗戶映著夢幻般的光影，那是漁火。釣烏賊的漁船為了吸引魚群而點的燈光，看起來像是漂浮在黑暗中的燈籠。

「我知道了。」

彌生說著，轉過身子背對玲司。

玲司覺得不能讓彌生這樣離開，但他不知道該說什麼留住她。就在此時——

「這張照片裡的人，是不是您呢？」

數拿出一張照片，對彌生問道。

那是白天撿起的照片。抱著嬰兒看起來像是夫妻的年輕男女，跟這家咖啡店的店主時田由香里一起拍的照片。數所說的「您」，指的是年輕女子抱著的嬰兒吧。

「啊……」

彌生不由得叫起來，衝上前去像是要搶似的從數手上拿回那張照片。

「嗯。」

彌生瞪著數，回應了一聲。

「您雙親是不是……」

「對，在我懂事之前，就因為車禍去世了……」

「這樣啊。」

——**原來如此，這位小姐是來見去世的爸媽的……**

玲司露出恍然大悟的表情。

要是彌生是來見去世的爸媽的話，「無法見到沒有來過這家咖啡店的人」的規矩就已經符合了，因為這張照片分明是在這家店裡照的。

但要是她想幫助因車禍喪生的爸媽的話，那就沒辦法實現了。因為第一條規矩是「回到過去之後，無論如何努力，也不能改變現實」。

以前東京的纜車之行咖啡店，曾經有個叫平井的女人，回到過去見了死於車禍的妹妹。

平井是纜車之行的常客，因此很清楚這條規矩是牢不可破的，然而，她還是回到了過去。平井能辦到的事只有答應妹妹自己會回到老家，並且對她說：

「謝謝妳。」

平井在回到過去之前就清楚所有的規矩，但彌生並非如此。她剛剛才聽到這許多規矩，在此之前，搞不好以為能夠拯救爸媽。

「不好意思打攪了。」

彌生小心翼翼地把照片收起來，然後丟下這句話就轉向店門口。

「那個，」

玲司出聲叫住她。

「什麼事？」

彌生停下了腳步，卻沒轉過身來。

「……您都已經來了，至少去跟令尊令堂見個面如何？」

玲司提議道。他之所以有所顧慮，是因為現實無法改變，所以也不好用強硬的語氣敦促人家。

「您很喜歡令尊令堂吧？要是沒有那些規矩的話，您想幫助他們吧？既然這樣……」

「不是的！」

他話說到一半，彌生就大聲反駁起來。

「咦？」

彌生用帶著怒氣的眼神瞪著玲司，玲司被她的神色嚇了一跳，還後退了好幾步。

「我最討厭他們了！」

彌生的嘴唇微微顫抖，但她發怒的對象並不是玲司。

數這時也停下了手上正在做的事。

「只把我生下來，他們就死了……」

彌生彷彿要一吐胸中塊壘般地開口道。

「孤伶伶的我在親戚間像皮球一樣被踢來踢去，在孤兒院也被欺負。只有我一個人非得受這種苦，都是因為他們拋下我死掉了的緣故。我一直都恨死他們了。」

彌生拿出剛剛收進包包裡的照片。

「但是你們看看，這張照片……」

她把照片遞向數和玲司。

「完全不知道我受了多少罪，還露出這麼幸福的表情……」

她手上的照片微微地顫動。

「所以……」

彌生極力壓抑激動的情緒。

是憤怒，還是悲傷……？這種無法抑制的感情，可能連彌生自己都搞不清楚到底是什麼。

「要是能見到面，好歹也要跟他們抱怨一下。」

彌生這麼說。

「您是為了要抱怨才想回到過去嗎……？」

「對！但是我不知道有這麼多囉唆的規矩，越聽越覺得荒謬。這樣還相信能回到過去的人，腦子一定是壞掉了吧？」

所以原本她想離開，但玲司的話好像觸怒了她，一直壓抑的感情不由得決堤而出。

「來見我最喜歡的爸媽？什麼也不知道，就不要隨便亂說！」

「不是的，那個，我……」

「無法改變現實？沒關係，我不在乎。無法改變的意思就是，我不管說什麼都沒關係對吧？既然這樣，如果真的能回去的話，那我當然要回到過去啊。我要對把我拋下，讓我孤單一人的傢伙說：『你們是混蛋！』」

的確，不管說什麼，現實都不會改變。

這是這家咖啡店絕對的規矩，就算跟當事人說他們會死於車禍也一樣。

於是彌生反過來想利用這條規矩，為所欲為。

彌生踏出一步。

「那就讓我回到這些人完全不知道我未來會發生什麼事，開開心心地在這裡照相的那一天！」

她把照片遞到數面前。

——這下糟了。

玲司察覺自己可能成了導火線，臉色難看起來。

然而，數毫不慌張，仍舊泰然自若。

「我知道了。」

她只這麼回答。

「哎？」

數的回答讓玲司略微驚訝。

玲司幾乎沒有見過聽說了這麼囉唆的規矩，還想回到過去的客人。而且彌生說要回到過去跟自己的爸媽抱怨，就算無法改變現實也一樣。想也知道當場會如何混亂。

「是要跟他們抱怨喔？沒關係嗎？」

玲司壓低聲音跟數咬耳朵。即便如此，安靜的店裡只有三個人，聲音壓得再低，彌生也不可能聽不到。

彌生瞪著玲司，玲司低下頭。

「你能說明一下那個人的情況嗎？」

數對著玲司說。那個人指的是坐在某個座位上穿著黑衣服的老紳士。數的態度毫不猶豫。想回到過去的人都有不同的理由，那些理由是好是壞，沒有任何人有權力評斷，任憑個人自由。就算無法改變去世的人的命運，仍舊決定要回到過去，那也是本人的意願，要抱怨也是個人自由。對此感到不安只是玲司自己的感覺。

就算抱著些微的不安，玲司還是照著數的話去做了。

「可以嗎?請仔細聽我說。要回到過去，必須坐在這家咖啡店裡某個特定的座位上才行。但那個座位上有人……」

「有人?」

「對。」

聽說位子上有人，彌生重新環顧店內，除了自己之外，稱得上「客人」的，只有坐在門口附近桌位上的黑衣服老紳士。這麼說來──

那位老紳士一直都坐在那裡，雖然他一直都在，但她在此之前卻完全沒注意到。他動也不動，只靜靜地看著書。彌生完全沒有留意到他，所以想不起來白天有沒有見過他，搞不好一直都在。

而且現在仔細一看，覺得有什麼地方不對勁。不是說有什麼特別出奇之處，事實上，這家咖啡店復古的氣氛，和老紳士非常搭配……但要是他在大街上走動，大家一定都會有同樣的感覺──

那就是，他生錯時代了。

首先是衣服。據彌生所知，他穿的衣服叫做「燕尾服」，燕尾服是男性專用的禮服，上衣的後擺跟燕子的尾巴一樣分開，所以這樣稱呼。更有甚者，雖然人在室內，這位老紳士仍舊戴著大禮帽，他的樣子就像是從明治或是大正時代的電影裡走出來一樣。

仔細看去，他很有特色，即便如此大家卻常常沒注意到他，可能是因為他看起來簡直像是店內裝潢的一部分吧。

彌生又看了老紳士一眼，她望向玲司。

「那個位子，難道是……」

——坐在那裡，就能回到過去吧？

她的眼神如此詢問。

「……是的。」

玲司一面回答，一面心想其實不用說的，因為彌生已經不等他回答就朝靜靜坐著的老紳士走去。

「那個，」

「跟他說話也是沒用的喔。」

彌生開口的同時，玲司在彌生背後說道。

「沒用？什麼意思？」

彌生轉身訝異地問道。

「……那個人是幽靈。」

玲司深呼吸了一下回道。

「咦？」

她一時之間腦子轉不過來。

「什麼？」

「幽靈。」

「幽靈……？」

「是。」

「騙人的吧？」

「真心不騙。」

「但是看得清清楚楚啊？」

彌生以為幽靈都是半透明的，要不就是只有特別的人才看得見。

「對，但他是幽靈。」

玲司語氣強硬，毫不退讓。

——誰會相信這種事！

彌生心裡暗忖，但忍著沒叫出來。

此處是能回到過去的咖啡店，自己來到這裡是想要回到過去，既然是自己想做的事情，相信能回到過去，但卻不相信看得到的幽靈，那也太奇怪了。

——反正就算問了，也不會得到讓人信服的答案……

她心裡這麼想。之前說明規矩的時候也是這樣，現在就暫且先接受他的說詞吧。

彌生深吸了一口氣，然後慢慢吐氣，讓自己鎮定下來，將剛才不悅的表情，轉變成有點像認命的模樣。

「……那該怎麼辦才好？」

彌生直接問道。

「只能等待。」

玲司說。

「什麼意思？」

「那個人每天一定會去洗手間一次……」

「幽靈也要上洗手間？」

「對。」

彌生輕輕嘆了一口氣。

——為什麼幽靈也要上洗手間？

知道問了也是白問。

「所以就是趁他離開的時候，去坐在那個位子上，對吧？」

她開始明白狀況了。

「就是這樣。」

「要等到什麼時候？」

「這就不知道了。」

「只能等他離開去洗手間？」

「對。」

「我知道了。」

彌生慢慢地走到櫃臺前坐下。

「要喝點什麼嗎？」

她面前的數開口問道。

「那就柚子薑汁汽水，要熱的……」

彌生想了一下子回答。

雖然是夏天，到了這個時間，店內會有點涼。函館在夏天時，白天也有可以不用開冷氣的時候。

「我知道了。」

數轉身要走進廚房，玲司阻止她。

「啊，我去吧。」

「但是……」

現在是晚上八點多，玲司已經下班了。

「難得一次……」

他想親眼見到彌生這次事件的結局，玲司使了個眼神，便走進廚房。

坐在櫃臺前的彌生沒有看著老紳士，只望向窗外。

「……應該有不生下來的選項吧？」

過了一會兒，凝望漁火的彌生彷彿自言自語般地說。沒有任何前兆，突然就這麼說了，但數立刻就明白彌生想說什麼。

今天白天時，流在菜菜子她們面前，講了自己妻子計的事情。雖然醫生對計說：「要生的話，會危害到性命。」但她仍舊不顧一切生下了女兒美紀。數記得當時彌生神色難看地聽著流說的話。

彌生想起自己的遭遇，她說的話意思是，用不著拼上性命把孩子生下來啊。

「……是啊。」

數並沒有唱反調。

「只不過碰巧是環境好，不是嗎？要是像我一樣不得不自己一個人活下去的話，一定會恨媽媽『為什麼要把我生下來？』吧……」

計生下孩子後就去世了，但女兒美紀有爸爸流照顧，數也在，還有親近的常客們。當然她一定也會寂寞，但並不是必須自己一個人活下去，有人在旁支撐著她，守護著她。現在美紀除了沒有母親之外，其他方面都非常健全。當然，這些彌生完全不知道。

美紀對從過去來見她的母親計說：「謝謝妳生下我。」這跟她想說的：「為什麼要生下我？」幾乎完全相反。

然而，要是環境完全不一樣的話會如何呢？

母親生下自己就死了，數跟流也不在，沒有人能倚靠的話呢……

「……或許吧。」

數還是沒有唱反調。

——要是得自己一個人活下去的話，不如死了比較好。

白天彌生決絕地如此說道。

這並不是因為她自幼失去了雙親，必須獨自一人掙扎生存下去的緣故，應該是因為沒有碰到值得信賴的大人。

彌生的父母死於車禍之後，最初是由舅舅跟舅媽夫妻收養。在當時情況下，他們答應照顧，但時機實在不巧，那個時候正好舅媽要生產。第一個孩子降生正手忙腳亂的當口，同時還要照顧六歲的彌生。養育孩子本來就沒辦法事事順心，更別提是第一次，怎麼做怎麼錯也是有的。光是可愛並不夠，這種自責的情緒在心中湧現，腦中明白「收養的孩子」也該好好愛護，但仍舊會有覺得厭惡的時候。

——光是養自己的孩子就夠累了，為什麼還要照顧別人的孩子？

小孩不管多小，都能看清大人的臉色，明白是怎麼回事，彌生就這樣跟這家人疏離了起來。她的態度讓舅媽非常不愉快，於是讓她去住姑姑家。

姑姑家有三個小孩，最大的小學高年級，最小的當時比七歲的彌生小一歲，育兒熟練的姑姑將彌生當自己的小孩看待。

但這也是有陷阱的。對大人來說，失去雙親的彌生值得同情，但對那個家裡的小孩而言卻是突然出現、跟他們爭奪雙親寵愛的壞人。而且自己的爸媽越是平等對待，這種抗拒心就越嚴重，孩子們自然都排擠彌生。當然並不是實質上要加害於她，但三個孩子慢慢開始不理彌生，在父母面前裝得好像感情很好的樣子，但其他時候就完全不理不睬。彌生知道了自己在這裡不受歡迎，但要是離開這裡，就沒辦法活下去。她沒有任何可以傾吐的對象，心裡積鬱越來越重，無法傾吐的負面感情，自然就歸咎於讓自己陷入困境的雙親身上。

孤獨。

幼小的心靈刻下的傷痕，嚴重地扭曲了彌生的人格。彌生「自己一個人活下去」這句話，是沒有任何人需要自己的自我否定，也就是說——

活下去也沒什麼意思。

柚子薑汁汽水喝到一半的時候，從窗戶望見的漁火也漸行漸遠，慢慢變小。突然之間——

啪噠——。

響起書本闔上的聲音。

彌生聽到聲音轉過頭，看見老紳士站起身來。

「啊……」

彌生不由得叫出聲來。

老紳士完全不在意彌生的反應，俐落地從桌椅間走出來，悄無聲息地走向入口旁邊的洗手間，當然他也沒有腳步聲。洗手間的門靜靜地打開，他走進去，門又無聲地關上。要不是有闔上書本的聲音，彌生可能根本不會注意到。

彌生慢慢地從櫃檯位子上下來，她望向數。

「可以吧？」

彌生毫無必要地壓低了聲音。

「是的。」

數停下手邊的事回道。

彌生感覺自己的心跳微微加快，慢慢地走向那個空位。

不管怎樣放輕腳步，還是發出了吧嗒的腳步聲。但是剛才去洗手間的老紳士，卻沒有發出任何聲音。

——果然可能真的是幽靈也說不定……

在這一瞬之間，她突然竄出了念頭，頓時感到背上一絲寒意。

「小幸……」

數輕聲對站在旁邊的玲司說，她要玲司到樓下去把小幸叫上來。

彌生並不知道叫那個小女孩來做什麼。

「我知道了。」

玲司心領神會，回應了一聲便走下樓梯。

——咦？

玲司往樓下走讓彌生分了心，不知何時數端著托盤站在她身邊。她不用開口，回過神來，數就從彌生的旁邊走過，開始收拾老紳士用過的咖啡杯。

數用除塵巾俐落地擦拭桌面。

「請坐。」

她說著，並請彌生坐下，自己則不等她回答，收拾好杯盤走回櫃臺後方。

「……哎，嗯。」

彌生呆呆地回道，在桌前坐下。

坐下之後，發現並沒有任何出奇之處，就是一張英國風的古董椅子而已，條紋花樣的座墊偏硬。她本來以為坐下去可能會像觸電一下，還有些警戒，但完全失望了。只要能回到過去，怎樣都可以，她想有踏實的感覺。但坐下來什麼都沒有，不禁令人心生疑竇：真的能回到過去嗎？

她腦中這麼想著，數的聲音從櫃臺後傳來。

「您記得剛才說明過有時間限制嗎？」

「嗯。」

「待會兒我女兒會過來替您倒咖啡。」

「咦？」

「能回到過去的時間，只有我女兒把咖啡倒進杯子裡，到杯裡的咖啡冷掉為止……」

出乎意料的資訊，讓彌生一時之間腦子沒轉過來。

「等一下，咖啡？為什麼是咖啡？」

她想聽到合理的解釋。

「而且倒咖啡的人不是妳，是妳女兒？一定要是妳女兒？還有，在咖啡冷掉之前，那時間不是很短嗎？咦，那就是限制時間嗎？哎？哎？」

彌生一口氣把腦子裡想到的都說出來，顯然是太過吃驚，把重要的事情全忘了。

「因為規矩是這樣……」

不管問什麼，回答都只有這一句。

事實上，如果用紅茶或可可代替咖啡的話，是無法回到過去的。到底為什麼只能是咖啡，真的連數也不知道。即便如此，咖啡也並不是用什麼特別的咖啡豆，隨便市面上賣的都可以，怎麼磨豆子也無所謂。咖啡的泡法可以用濾泡也可以用虹吸式，都無所謂。只不過咖啡壺一定要使用代代相傳的銀咖啡壺，用其他的容器裝咖啡，就不能回到過去。而理由也不明。

到頭來一切都用「因為規矩是這樣」來解釋，簡單明瞭就得了。

「數小姐。」

過了一會兒，玲司從樓下回來了。

「小幸說，換了衣服馬上就上來。」

「謝謝。」

「怎樣？」

數回答，走到沮喪地低著頭，感到莫名其妙的彌生面前。

「還有最後一條，重要的規矩……」

「還有啊？」

彌生不斷地嘆氣。

「回到過去的話，請在咖啡冷掉之前喝完。」

數鄭重地告訴彌生。

——請一定要遵守。

雖然沒有明說，彌生覺得是這個意思。

「在冷掉之前？」

「對。」

為什麼？她沒有問，因為她知道答案是什麼。

「那也是規矩？」

「對。」

重要的地方在於，這是一定要遵守的規矩。

「……要是，」

話雖如此，她有點介意。

「要是沒喝完會怎樣？」

彌生只是好奇問一下，以防萬一——要是不遵守這條規矩，會怎麼樣呢？

「沒有喝完的話……」

「沒有喝完的話？」

「那您就會變成幽靈，坐在這個位子上了。」

數的表情沒有改變，但她話中的壓力非常沈重，周圍的空氣好像都緊張起來。也就是說，要是沒有喝完的話，就會……死，的意思吧。

然而，彌生即便聽到有這種風險，臉上神色也絲毫不見動搖。

「我知道了。」

她只如此回答。

吧嗒吧嗒的腳步聲從樓梯上傳來，小幸出現了，流在她後面探出腦袋。

小幸穿著純白的洋裝，繫著淺藍色的圍裙，跟數白天繫著的是相同款式，只不過是小號的。

「媽媽。」

小幸臉上沒有不安或緊張的神色。是因為她非常清楚自己該做的事呢？還是因為只有七歲仍舊天真無邪？

「去準備吧。」

數「嗯」地點了點頭，並朝著廚房示意。

「好。」

小幸快步走進廚房，流跟在她身後，打算幫忙小幸。

彌生動也不動，好像心不在焉似的，目光呆滯地望著空中。

「沒問題吧。」

玲司瞥了彌生一眼，站在數旁邊放低聲音說。

數並沒反問，什麼沒問題？她知道這是彌生不會想聽到的內容，她伸手收拾剛才彌生喝的薑汁汽水的杯子。

「……通常聽到自己會變成幽靈，都會很吃驚，要不然就是改變主意不想回到過去了吧？其他的規矩也是，雖然能回到過去，但也不是沒有不利的地方……」

數在櫃臺後的小水槽裡洗杯子，玲司說道。

「但是，她聽到自己會變成幽靈，也毫無反應……」

玲司繼續說著，安靜的店中只有水槽裡滴水的聲音。

「不知怎地，有種不好的預感……」

突然，玲司把聲音壓得更低了。

之前玲司聽她說：「不如死了比較好。」因此會擔心也不是沒有道理的。

然而，數什麼也沒有說，只把水龍頭擰緊了。

「數。」

流的聲音從廚房傳來，同時小幸也出現了。她顫危危地把銀托盤舉到自己眼睛的高度，托盤上放著銀咖啡壺和純白的咖啡杯，空的咖啡杯在小碟上發出喀嚓喀嚓的聲響。

小幸走到彌生旁邊，數跟在她後面。

「數小姐。」

玲司不安地叫她，但是……

「沒問題的。」

數只這麼說，並沒有回頭。

七歲的小幸還沒辦法自己一手拿著托盤，一手把杯子放在客人面前，所以數來幫她的忙。數替她端著托盤，小幸用雙手把咖啡杯放到彌生面前。

「規矩知道嗎？」

小幸說著，伸手拿銀咖啡壺。她並不知道之前數和彌生的對話，想確認是不是需要從頭說明規矩。雖然才七歲，但很明白自己該怎麼做。

「沒問題。」

數溫柔地微笑。

「我知道了。」

小幸用雙手捧起咖啡壺，轉向彌生。

「可以了嗎？」

小幸問她是不是做好了心理準備。

彌生避開小幸直勾勾的視線。

「嗯。」

她垂下眼瞼低聲應道。

玲司和流帶著不可言說的表情在旁觀望，然而，他們倆的心情完全不同。玲司擔心彌生要是回到過去，會不會就這樣不回來了；流則關心小幸是否能好好完成任務。只有數平靜地站在一旁。

「那麼，就開始了。」

小幸說著瞥了後面的數一眼，微笑著說——

「在咖啡冷掉之前……」

她慢慢地把咖啡倒進杯子裡，雖然用雙手捧著銀咖啡壺，但對七歲的小幸來說，應該還是有點重的。

壺口微微晃動，她專心地望著壺口，小心不讓咖啡濺出來的樣子，真是惹人憐愛。

——**好可愛。**

連心不在焉的彌生一瞬間都被她俘虜了。

這個時候，倒滿咖啡的杯子泛起一縷晃晃的熱氣，周圍的景象開始搖曳。

「啊……」

彌生不由得叫出聲來。

搖曳晃動的不是周圍的景象，而是彌生自己。彌生的身體跟咖啡冒出的熱氣化為一體，逐漸上升，她眼前的景象開始從上到下流轉，流轉的景色像走馬燈一樣映出這家咖啡店內發生的事。從白天到黑夜，從黑夜到白天，好像漫長卻又短暫的時光流逝。

——**時間在倒轉。**

彌生慢慢閉上眼睛，她並不害怕，也有心理準備，因為重要的事只有一件

——要怎樣才能讓他們比自己更痛苦？

反正不管做什麼，「悲慘的」現實都不會改變，所以這是復仇。

對逕自死去、留下自己一人的雙親的復仇……

彌生不喜歡教學觀摩。

每間學校教學觀摩的次數不一樣，彌生上的小學每學期都有三次。

「彌生的媽媽，不是真正的媽媽對吧？」

每次到了教學觀摩的日子，朋友就會如此說道。也因為這樣，她還跟故意來取笑她的男生打過架。

然而，還有更讓彌生不開心的話。

「不希望他們來。」

教學觀摩的時候朋友會這麼說。

對沒有父母的彌生來說，聽到這句話，她會不甘心到眼淚都要掉下來的地步。自己不管多麼努力，爸媽都不會復活了。沒有爸媽是這麼難受，這麼悲慘，而且還會持續一輩子。

——**我的人生已經結束了。**

彌生的心從小學時就悲觀而扭曲。

上了高年級，她已經開始在家裡發洩心中的鬱憤。在那之後，姑姑家也無法照顧她，只好把她送到孤兒院去。進了孤兒院，孤獨感更加沈重。

沒有任何人理解自己的心情，到頭來我還是得自己一個人活下去。她將自己的心緊緊地封閉起來。

上了中學，她開始曠課。去學校的話，周圍的朋友都有雙親，看起來非常幸福。聽到朋友們在聊爸媽的話題，不只讓她心煩意亂，還充滿了恨意。學校只讓她覺得痛苦。

她自然也沒去念高中，因此她開始打工，也不回孤兒院了。每天在二十四小時網咖過夜，過一日算一日，也就是所謂的網咖難民。要是天氣不冷，她也曾經露宿過，在郊外堅硬的荒地上任憑風吹雨打，不知流過多少淚水。

自己到底為什麼要出生在這個世上？

為什麼非得如此艱辛地活下去不可呢？

然而，就這樣死掉也太悲哀了。不知從何開始，找尋爸媽照片中的那家咖啡店，就成了支持她活下去的動力。

半年前，她在網路上看見某間咖啡店的照片，看起來非常眼熟，那家咖啡店位於函館市函館山的半山腰。

那家咖啡店有能回到過去的都市傳說。

——要是真的是這樣的話……

在此之前，彌生靠打工勉強過日子，為了攢到飛函館的機票錢，拼命工作了半年。

——要是能回到過去，能見到爸媽……

「你們的孩子因為你們死了，變得這麼悲慘！」

她要對照片中露出幸福笑容的雙親，如此惡狠狠地大叫。

——我的人生已經結束了。到了這個地步，已經無法回頭了。

既然要回到過去，就要讓他們也嚐嚐自己的痛苦、悲哀、憤恨；就算只有百分之一也好，然後再死也還不遲。

——我絕對不要就這樣死掉！

於是，今天彌生來到了這家咖啡店。

而且她並沒有買回程機票的錢。

☕

在頭暈目眩的瞬間，手足的感覺慢慢恢復了。

她找回了手的感覺，抬起手遮住光線，慢慢睜開眼睛。看見眼前是光亮的窗戶，已經不是海上漁火點點的夜景了。窗外是跟白天時一樣，萬里無雲的青空和函館港。

——回到過去了。

彌生一下子明白了。

世界從黑夜變成了白晝，那個叫小幸的女孩子跟數也不在，眼前只有兩個從未見過的二十來歲男子，和窗邊座位上的一個女子，以及在櫃臺後方，面帶微笑、跟彌生那張照片中一模一樣的女人。

她和由香里四目相交，由香里只輕輕點頭，仍舊繼續和面前三個人說話。

「然後呢？組合的名字決定了嗎？」

「是的。」

兩個男人中體格健壯、戴著銀框眼鏡的男人回答。

「叫什麼？」

「砰隆咚隆。」

另外一個有點駝背的高大男子用高亢的聲音說道。

——咦？

彌生聽到這個名字，吃了一驚。

「砰隆咚隆」這個團體是最近幾年超受歡迎的雙人組合。要真是他們的話，那個高大的男子是負責裝傻的林田，戴銀框眼鏡的就是負責找碴的轟木。只是自己知道的砰隆咚隆並沒有這麼年輕。

沒錯，這裡是過去的世界。

「砰隆咚隆……」

由香里小聲反覆唸著兩人決定的名稱。

「怎麼樣？」

轟木和林田望著由香里的臉，異口同聲地問道。兩人看起來好像將由香里當成姐姐一般仰慕，屏息等待由香里的反應。

「好名字！」

由香里開口就這麼說。

「第一！優勝！頭獎！絕對會出名！」

她滔滔不絕地說，兩人的表情豁然開朗。

「來了！」

「太好了！」

「我們覺都沒睡、想破了腦袋，就想聽由香里小姐這麼說喔。」

「就是啊，就是啊！」

兩人牽著手高興地說道。

「不過，真是好名字，很好記。叫什麼，叮鈴咚隆嗎？」

「砰隆咚隆！」

「哎？咦？」

名字不一樣。一面說很好記，但其實根本沒記住。

「剛才不是說了優勝嗎？」

「對不起、對不起。」

由香里雙手合十說道。

「由香里小姐的裝傻真令人甘拜下風啊。」

轟木笑著說。

「真的呢。」

林田故意誇張地嘆氣。

「時間快到了喔？」

兩人背後的女人突然開口說道。她皮膚很白長得很漂亮，看起來比轟木和林田稍微年輕一些，但態度沈著穩重，散發出成熟的氣息。

搭飛機的時間要到了。

「世津子也要一起去嗎？」

「是的，當然。」

叫做世津子的女人毫不猶豫地說。

「加油啊。」

「要加油的是這兩個傢伙就是了。」

世津子露齒一笑。

「竟然說這兩個傢伙……」

轟木笑著嘆了一口氣。

由香里突然轉向彌生。

「從未來來的嗎?」

她問道。分明是第一次見面,卻沒有任何招呼介紹,好像之前她們還說著話,現在重提話題似的。

「啊,是的。」

彌生也不由自主地回答。

「喔……」

轟木他們現在才注意到彌生。

「那我們得去趕飛機了……」

說著，慌忙伸手拿起旁邊的大帆布袋。

既然把由香里當姐姐，那麼自然一定熟悉這家咖啡店的規矩。

「這樣啊？那就加油喔，我支持你們！」

三個人低頭行禮，離開了咖啡店。

喀啦哐噹。

由香里輕鬆地送走三個人，但還是在意著彌生。既然坐在那個位子上，就一定是來找人的，而且有時間限制。

「他們要去東京當搞笑藝人……」

即便如此，她也不會立刻開口問：「妳是來見誰的？」

「他們真的有夢想吧？」

她像是跟熟悉的常客聊天一般。

「叫什麼名字？」

「咦？」

「妳的名字啊？沒有名字嗎？」

「……我叫彌生。」

「彌生啊？」

「對。」

「真是個好名字。」

由香里說著，好像祈禱般雙手在胸前合十。

彌生聽到她稱讚自己的名字仍舊無動於衷，只是垂下眼瞼。

「怎麼啦？」

「我討厭這個名字……」

「為什麼？不是很可愛嗎？」

「因為我憎恨給我取這個名字的爸媽……」

說出了憎恨這兩個字，顯然事情不單純。

但是由香里並不驚慌，她從櫃臺後探出身子。
「所以妳是來跟替妳取名字的爸媽抱怨的嗎？」
她兩眼發光，深感興趣地說道。
——這人是怎麼回事！
她的心思被說破了，但讓她不高興的，反而是由香里把她當怪胎一樣緊盯著瞧的態度。
「不行嗎？」
彌生露出不高興的樣子反問。她知道跟第一次見面的人挑釁沒什麼意義，但卻忍不住。
由香里並不打算跟彌生說教。
「想說什麼就盡量說。反正不管說什麼，妳的未來都不會改變的。」
她舉起拳頭搖晃說道。
「這個人是怎麼回事啊……」

彌生不由得把心裡想的話說出來，而她要抱怨的對象到現在還沒有出現。

——難道是搞錯了嗎？

搞錯了回來的日期。

——這麼說來……

她不記得聽說過要怎樣才能回到自己想回的那一天。因為有那張照片，所以當時心裡只想著，回到拍這張照片的那一天而已。

「啊……」

她突然想起白天時流他們說的話。流的太太從過去要到未來十年後的下午三點，卻搞錯去了十五年後的上午十點，流為這件事還走到店外打電話。

——會這樣搞錯嗎？

她並不是很清楚詳情，但只記得自己在心中這樣吐槽。

想到砰隆咚隆二人組的年齡，她應該確實回到了二十年前。

問題不只是「日期」，而是「時間」。

彌生沒有想像過具體的時間，她只是想要回到拍照片的那一天。一天有二十四小時，咖啡大概十五分鐘就會冷掉，要是沒辦法在這十五分鐘之內見到面，就算回到過去也沒有意義。

要是能像相片背後的日期那樣，知道具體的日期時間就好了……

——等一下！等一下、等一下、等一下！確實是……

彌生慌忙在自己的包包裡翻找，把照片拿出來看。

照片中有時間。

彌生的照片裡照到了這家咖啡店的老爺鐘，抱著自己笑容滿面的爸媽和由香里的背後，有一座大老爺鐘。鐘面的時間是——

下午一點三十分。

彌生望向老爺鐘，時間是——

下午一點二十二分。

——還有八分鐘！還有八分鐘！

彌生不由得用手摸咖啡杯，確定咖啡的溫度，並不燙，距離冷掉還有一段時間，彌生安心地嘆了一口氣。

她要抱怨的對象待會兒就會出現，她心裡這麼想著。就在這時候——

喀啦哐噹。

牛鈴響了。

——終於能見面了。

彌生緊張起來，這個念頭讓她呼吸急促。

——終於能見面了嗎？

能見到她該憎恨的爸媽……

「歡迎光臨。唉喲？唉喲、唉喲、唉喲、唉喲——」

由香里興奮地叫個不停，抱著嬰兒的瀨戶美由紀和她先生敬一走了進來。

她溫柔地摟住美由紀。

「恭喜，是今天出院啊，妳早說我就去接妳了。哎？特別來看我的？真是太高興啦！沒有比這更高興的了！就算明天是世界末日我也不在乎的高興！」

她一口氣滔滔不絕地說完，看來真的非常開心。

「由香里小姐還是這樣誇張。」

敬一說著，大聲笑起來，美由紀在他身邊也露出笑臉。當然，兩個人看起來跟照片上一模一樣，美由紀抱著的嬰兒裹在淺藍色的襁褓裡。

美由紀好像注意到彌生盯著他們的視線，微笑著輕輕低下頭。

「啊——好可愛，是女孩子？」

由香里望著襁褓。

「是的。」

「像誰？」

由香里的視線在美由紀和敬一的臉上來回掃視。

「像我太太吧。像我的話就不會這麼可愛了。」

敬一靦腆地回答。

「確實。」

「等一下！這妳該否認才對吧。」

「抱歉，抱歉。」

「真是的——」

三人的氣氛又和諧，又幸福。

——這算什麼啊？

彌生不由得怒氣攻心。

——自己這麼幸福的樣子……

小時候流離失所、孤苦無依的記憶湧上心頭。被堂表兄妹無視的記憶、中學時曠課、放棄念高中、打工過一天算一天的生活，這些回憶一口氣在彌生腦中迴旋。

——我受了這麼多苦……

彌生感覺到的不止是憤怒。

她和眼前的三個人距離只有兩三公尺，但卻像是在完全不同的世界裡。

一個幸福的世界，和一個不幸的世界。無法融入其中的疏離感，和寂寥。

因為規矩而無法離開座位的彌生，覺得連規矩也像是不讓她融入那幸福的世界裡一樣。

一切都往最壞的方向發展，一切便有了最壞的結果。

——為什麼只有自己非得遭遇這種悲慘的處境不可？

她已經受不了看見那三個人了。

彌生低下頭，肩膀不住震動，眼淚滴滴答答地流了下來。她只覺得自己太不幸、太悲苦了，沒有任何人伸出援手的孤獨實在太難受了。

——就這樣讓咖啡冷掉，變成幽靈算了。

就在她這麼想著的時候——

「我本來覺得要是得自己一個人活下去的話，不如死了比較好。」

那個女人略帶哽咽的聲音傳入彌生耳中。

——……咦？

這句話正是白天彌生離開時自暴自棄說過的，然而，彌生並沒有答腔。

——誰？

話雖如此，但怎麼想都只有一個人。

——難道……

她抬起頭，看見不知何時嬰兒已經被敬一抱過去，美由紀對著由香里深深低下頭。說話的人是彌生的母親，美由紀。

「我不知道該怎麼感謝由香里小姐才好……」

美由紀抬起頭，繼續說道。

「感謝？」

「是的。」

彌生不知道美由紀為什麼說這種話。她剛才不是還很幸福嗎？照片上看起來不是人人稱羨的幸福家庭嗎？

——什麼？怎麼回事？

彌生一字不漏地傾聽美由紀說的話。

「我四歲的時候爸媽失蹤了，被親戚輪流收養，始終沒有棲身的地方。」

——咦？

彌生以為自己聽錯了，沒想到自己的母親竟然小時候就被爸媽拋棄。

「嗯嗯。」

「中學畢業以後，我叔叔嬸嬸說不能讓我吃白食，沒有讓我上高中，我就開始工作。但是我生來笨拙，工作總是不順利……」

「嗯嗯。」

「在公司被欺侮，熬不下去辭職了，就被責備說不會忍耐，結果被趕出了家門。」

「真是讓人傷心啊。」

「為什麼只有我這麼悽慘呢？其他的人都幸福快樂地生活著，我非常難過，無論到哪裡自己都比不上別人，覺得根本沒有活下去的價值。」

聽著美由紀的話，由香里眼中浮現淚光。

「五年前的冬天……要是那一天，由香里小姐沒有在我打算跳海的時候叫住我的話……」

「那個時候真的……」

「要是沒來這家咖啡店的話……」

「是我硬把妳拖來的喔？嗯嗯，我記得。」

「我就不可能獲得現在的幸福。」

「沒這種事。」

「真的非常感謝您。」

美由紀說著，再度深深低下頭。

彌生懷疑自己的耳朵，這是她第一次聽說。

美由紀也跟自己一樣，自小就跟爸媽分離，中學畢業就開始工作，遭人欺凌，過著痛苦的日子，甚至想輕生……

——即便如此……

她跟自己不一樣。

彌生過著憤恨不平的人生，美由紀卻抓住了幸福。

發生了什麼事？自己和美由紀，有什麼不同？彌生專心聽兩人的談話，幾乎連呼吸都忘了。

「把頭抬起來。」

由香里說，美由紀依言慢慢把頭抬起來。

由香里望著美由紀，溫柔地笑起來。

「妳沒有放棄，一直很努力。這又不是魔法，並不是因為那天我叫了妳，現實就改變了吧？辛苦的處境完全沒有變，不是嗎？但妳決定面對未來努力，追求幸福，所以才有現在，不是嗎？」

美由紀聽著由香里的話，頻頻點頭，淚珠一顆顆從眼中落下。

「妳可以抬頭挺胸，現在的幸福是妳自己努力得到的……」

「好。」

美由紀抬頭挺胸地說，然後帶著滿臉的淚痕笑起來。

「嗯，嗯，這表情真好。這樣就好。笑容是很重要的。」

由香里也滿意地笑了。

「對了。」

由香里帶著放心的表情，好像突然想起了什麼，拍了一下手。

「名字……這個孩子，叫什麼名字？」

「啊，這個啊……」

美由紀想起來自己還沒說過。

她望向抱著孩子的敬一，敬一把孩子遞給美由紀。

彌生不用聽也知道。

「彌生。」
美由紀說。
——我的名字。
「小彌生……」
媽媽給我取的名字。
一陣漫長的沈默……
不，可能只是一瞬間也說不定，她和由香里四目相交。
「這樣啊，叫彌生啊？」
由香里靜靜地說。
「真是個好名字……」
她溫柔地撫摸嬰兒彌生的面頰，嬰兒的小臉一動一動地，笑了起來。
咚——。
這家咖啡店的老爺鐘每隔三十分鐘，就會低響一聲，餘音繞樑。

一點三十分。

彌生望著照片裡的老爺鐘。

敬一從包包裡拿出相機。

「……照一張做紀念，好嗎？」

他抽著鼻子說。

「好啊，那就……」

「咦？」

由香里拿過相機，走到彌生面前。

彌生睜大了眼睛，眼神渙散。

「幫我們照好嗎？」

由香里說著，把相機遞給彌生。

「……哎，呃。」

美由紀和敬一也期待地望著彌生。

「拜託了。」

美由紀笑著低下頭。

「……我知道了。」

彌生接過由香里手上的相機，從觀景窗中望出去。

「啊……」

她不由得叫了起來。

——**這幅構圖……**

抱著嬰兒彌生的美由紀在中央，旁邊是敬一和由香里，背後是指著下午一點半的老爺鐘，從窗口透進來的明亮光線——這就是她一看再看，再熟悉不過的照片上的畫面。

她把手指放在快門上。

「按下這個就好了吧？」

「對。」

由香里說。

觀景窗裡的美由紀對著彌生微笑。

——啊……

這個瞬間，彌生領悟到了。

雙親去世之後，她只要看見這張照片，就覺得自己完全被摒除在外。然而並非如此，自己就在這其中，被母親抱在懷裡，自己也露出了笑容，這份幸福，是屬於雙親和自己的。

「要照了喔？」

她的視線模糊了，看不太清楚。

「來，一、二、三……」

彌生默默地按下快門。

「謝謝。」

「不客氣。」

聽到美由紀道謝，彌生低下頭喃喃回答，她無言地把相機還給由香里。

「不抱怨沒關係嗎？」

由香里有點壞心地小聲說道，她可能知道彌生是要來見誰的。

「沒關係了。」

雖然有點不甘心，彌生還是說道。

她伸手拿起咖啡杯，咖啡已經不熱了。

——要是我也不放棄，努力一下的話……

彌生一口氣把咖啡喝完。

她的身體開始搖曳晃動，暈眩襲來，化成煙霧的身體漂浮起來。

彌生知道美由紀他們抬頭望著飄向天花板的自己。再也見不到他們了吧。

彌生在漸漸消逝的意識中，不由得喊出聲。

「爸爸！媽媽！」

他們聽見了嗎……

回過神來，她看見窗外點點漁火的微光。

從白天轉變成黑夜。

店內在罩燈的照明下，籠罩著溫暖的橘光。

「啊啊……」

回來了。

美由紀她們已經不在面前，只有擔心地望著她的小幸，以及不遠處的數他們。

——不是作夢……

透過觀景窗看見的美由紀笑臉，就在手上的照片裡。

——不是作夢……

彌生慢慢閉上眼睛，肩膀不住顫動。

咚──。

老爺鐘報時，八點三十分。

從洗手間回來的黑衣老紳士站在她面前。

「啊……」

彌生急忙起身，把位子讓給老紳士。

「失禮了。」

老紳士客氣地點點頭，無聲地把身體滑入桌子和椅子之間。

「怎麼樣？」

數走過彌生身邊，收起彌生使用過的杯子，替老紳士端上新的咖啡。

「我……」

彌生舉起手中的照片。

「好像不是一個人。」

她回答，濕潤的雙眼中神色清朗。

「這樣啊。」

數平靜地回道。

一直擔心彌生會不會到了過去就不回來的玲司，安心地嘆了一口大氣，在旁邊的椅子上坐下。

彌生完全不知道玲司的心情，輕快地走到收銀台前面。

「多少錢？」

她用開朗的聲音遞出帳單，數卻沒有動作。

數的位置距離收銀機比玲司近，這種情況下，應該由數去結帳才對，平常也都是這樣。然而，數仍舊一動也不動，只站在能回到過去的位子前面。

玲司的反應很快，他馬上站起來要走到收銀機前面，但數舉手制止他。

——數小姐？

玲司把頭傾向一邊。

「還沒結束喔？」

她對彌生說，望著坐在位子上的老紳士，就在此時——

老紳士的身體突然化成熱氣，像被天花板吸入一樣上升，熱氣下方出現了一個穿著破舊雙排扣外套的女人。瞬間換人的景象簡直像是變魔術一樣。

對數和流來說這已經司空見慣，並不特別驚訝。小幸則像在看表演似的，雙眼閃閃發亮。玲司雖然也不是沒見過，但彌生才剛回來，就立刻又出現了別的人，讓他有點吃驚。

「咦？」

只有站在收銀台前的彌生，看見眼前的景象呆若木雞。

「這裡是……？」

熱氣下方出現的女人用細微的聲音說。

女人臉色蒼白地環顧店內，而且她蒼白的臉色並不是單純因為驚訝。她身體瘦弱，嘴唇發青，眼裡也沒有生氣，看起來不健康到好像放著她不管就會死掉的地步。身上的衣服也像是在地上滾過不知多少回似的，滿是灰塵。

女人微微發抖，突然間——

「媽媽……」

彌生喃喃道。她嘴裡雖然這麼說，但完全不敢相信。

出現在那個座位上的女人，是彌生的母親美由紀。

然而，眼前的美由紀，跟彌生剛才回到過去看見的美由紀判若兩人。現在

這個女人虛弱得好像隨時都會消失。

「媽，媽媽？」

玲司也完全摸不著頭腦。

「發生什麼事了？」

只有數冷靜地問美由紀。

數無論何時，不管面對什麼人，都能這麼冷靜。

美由紀好像害怕的小狗一樣，抬頭望著數。

「我不知道。」

過了一會兒之後她才回答，她好像自己也不明白眼前到底是什麼狀況。

「這家店裡的人叫我……讓我坐在這個位子上，替我倒了咖啡，然後我就覺得頭昏……然後就……」

——到這裡來了。

她不知道自己置身何處，店裡的樣子雖然沒變，但眼前的人不見了，看到的都是陌生的面孔，自然會吃驚。

「店裡的人跟您說明過嗎？」

數察覺她的困惑，以比平常更緩慢的腔調溫柔地說。

她指的是規矩。

分明是剛剛才發生的事，但美由紀一下子答不上來。

「叫我慢慢閉上眼睛，想像自己想看到的未來……」

她斷斷續續地說。

「想看到的未來？」

流插進來說。

在場的人都知道美由紀是從過去來的，而且流對「想看到的未來」這句話特別在意。去未來是非常難以捉摸的，而且叫她去未來的，一定是這家咖啡店的主人，也就是流的母親。

——她做事還是這麼大而化之。

流在心裡抱怨。

——說的不清不楚。

玲司也這麼覺得，所以自從玲司開始在這裡工作之後，就由他負責解釋規矩，因為玲司說明規矩既清楚又周全。

「還有呢？」

數繼續問美由紀。

「還有就是……」

她低頭望著眼前的咖啡杯。

「……在咖啡冷掉之前喝完。」

「就這樣嗎？」

這次是流問的。

「對。」

「真是夠了。」

流搔著自己花白的腦袋。

——不管有什麼理由，只說了這些就把人送到未來啊！真是難以置信！太沒有責任感了！

流身為時田家的人，對於由香里不負責任的做事方式讓他憤慨不已。

美由紀臉上露出困惑的表情。

「這裡是……」

不是問地點，而是泛指眼前的狀況。數確定她是想問這個，也知道接下來該怎麼做。

數簡單明瞭地說明了這是能進行時間旅行的咖啡店。

「這裡一定是您想見到的幾十年後的未來。」

她總結道。

信或者不信，就看美由紀自己了。她不斟酌字句也不粉飾太平，直接說明了當下的狀況。

即便如此，要立刻相信還是很難。

「未來？」

——那個人，為什麼要讓我到這裡來？

美由紀腦中浮現了疑問。

她突然看見站在收銀台前面的女人盯著自己不放，然而，美由紀不知道那就是自己的女兒。她當然不可能知道，但是彌生知道美由紀是自己的母親。

——而且知道她現在的樣子是自己出生之前的模樣……

彌生不知道該如何反應，但仍舊無法保持沈默。

「呃，那個，我……」

她用像蚊子叫一樣的細微聲音，對美由紀開口說，但接著就說不下去了。

她不知道自己該說什麼，甚至無法判斷該不該報上名字，而且美由紀衰弱的外貌讓人不忍直視。彌生回到過去的時候確實聽美由紀說過，她出了社會仍舊諸事不順，工作失敗，失去了活下去的希望，打算跳海自殺，但是沒想到竟然悽慘到這種地步。

彌生看著她的樣子，覺得自己的痛苦跟美由紀的遭遇比起來，簡直是小巫見大巫。她至少攢出了從大阪到函館的機票錢，也不會沒飯吃，穿著打扮也不丟人現眼。跟她相形之下……

彌生覺得難過極了。她想跟母親說話，但卻不知該說什麼才好。

「妳還好嗎？」

彌生的表情可能太難過了吧，美由紀溫柔地對她說。

聽到這句話，彌生的心被悔恨淹沒了。

——我怎麼能如此愚蠢！回到過去跟爸媽抱怨？我是白癡嗎？到頭來我只想到自己。太沒用了，太沒用了……

美由紀奇怪地望著默不作聲的彌生。

打破沈默的是數。

「那位小姐……」

「是您的女兒。」

數說完，慢慢地走離美由紀身邊。

彌生無法動彈，但是……

她可能一直在等有人說出來吧，因為她自己絕對說不出口。數可能看穿了她的心思。

她慢慢抬起頭，美由紀和她四目相接，數的話讓她吃了一驚，她目不轉睛地望著彌生。

一陣沈默之後。

「……我的？」

她喃喃道。

彌生落下淚來，這算是彌生的回答了。

「我的……」

美由紀突然用雙手掩住臉，抽動著肩膀哭了起來。

「哎？什麼？怎麼啦？」

彌生不由得走到美由紀的座位前面。但走近一看，她細瘦的手腕跟破舊的外套映入眼瞼，彌生不由得心頭一緊。

「媽，媽媽……」

彌生用顫抖的聲音叫她。

「……我本來想死的。」

「為什麼？」

彌生回到過去時已經聽過了理由，但還是不由自主地問。

「因為，我已經沒有任何希望了……」

她想要跳進冬天的函館灣，是由香里剛好路過看到她，一眼就看出她想幹什麼，所以才出聲叫住她。然後將她帶到店裡來，讓她坐在這個位子上……

「她要我想像自己想看見的未來時……我心想，反正是不會實現的……」

美由紀慢慢抬起頭。

「就想著要看見自己的孩子幸福快樂的樣子……」

流聽到美由紀的話，目不轉睛地望著彌生。

——**原來如此，所以她才在今天這個時候，出現在這家咖啡店裡……**

流瞇起眼睛喃喃自語，但是腦中一片混亂，這跟自己想像的前往「未來」的方式完全不一樣。原來這麼簡單就能到未來遇見想見的人嗎？他充滿了疑惑。

不管如何，眼前這對母女的事情比較重要。流忍住難以釋懷的感覺，望著彌生和美由紀。

彌生朝美由紀走近一步。

「不是作夢喔。」

「……？」

「這不是作夢喔。現在是二〇三〇年八月二十七日的晚上八點三十……」

彌生瞥著照片上也有的那座老爺鐘一眼。

「三十一分。」

「二〇三〇年……？」

「我今年二十歲了。媽媽生下我已經二十年了……」

「我嗎……？」

「我，非常、非常幸福喔！妳看，我穿著這麼漂亮的衣服，住在大阪，現在是來函館觀光的。」

「大阪……？」

「嗯，大阪是個好地方喔，函館也很好就是了。關西東西好吃，人也都很好，很有趣喔，大家都會裝傻吐槽什麼的。」

「這樣啊？」

「而且，我明年，就要結婚了……」

這是謊話。

「結婚？」

「所以死掉是不行的。」

彌生的眼淚不管怎麼擦拭，還是不斷地流下來。

「媽媽要是死了，一切就會改變喔？要是媽媽沒生下我，那我就不會幸福了喔？」

「哎？那個……」

規矩是不管怎樣，現實都不會改變。

玲司想要糾正彌生，但數示意制止了他。

「沒關係。」

流輕聲說道。

事實上，規矩是現實不會改變。美由紀沒有自殺，生下小孩，然後那個孩子仍舊得一個人長大的事實不會更改，依然會遭人欺凌，嘗盡辛酸。

只要出生在這個世上，就得面對這樣的現實。

然而，眼下的美由紀不會知道，對美由紀而言，未來一切都是未知數。

「所以，要活下去……」

——我一直都在憎恨，一直都恨拋下我一個人的媽媽……但是我現在也希望媽媽幸福。

所以她不希望美由紀死。

「為了我，活下去……」

——我也會努力的。

這是毫無虛假的真心。

「……好不好？」

彌生突然對著美由紀笑起來。憎恨自己的過去、生下自己的爸媽的瀨戶彌生已經不存在了。

「……我知道了。」

美由紀微微點頭，並朝彌生的臉伸出手。

「讓我好好看看，我的女兒……」

彌生一步、又一步地走過去，把臉貼在美由紀手中。美由紀用拇指拂去彌生的眼淚。

「我知道了……」

「嗯。」

「媽媽會努力的，不要哭了……」

「嗯。」

彌生用雙手握住美由紀的手。

——這份溫暖，我一輩子也不會忘記。

媽媽叫她不要哭，但彌生的眼淚卻仍然流個不停。

兩個人以後再也無法相見，而且時間已經不多了。

「咖啡要冷掉了喔？」

不知何時被流抱在懷裡，睏倦地揉著眼睛的小幸說道。

「啊……」

彌生好像想起來了，猛地抬起頭。

「這要在冷掉之前喝完對不對？」

她希望有人跟她說不對，就算是謊言也好。

「對，就是這樣。」

數只靜靜地回應。

現在發生的一切，都不是幻覺，也不是作夢。

彌生咬住嘴唇，她對不明白規矩的美由紀解釋，為了回到原來的世界，必須在咖啡冷掉之前喝完。由香里也跟美由紀這麼說過，她遺憾地接受了事實。

「謝謝。」

美由紀說著，把咖啡一口氣喝完。

「對了……」

「媽媽……」

「名字……」

美由紀的身體開始模糊起來。

「我不知道妳的名字……」

「……彌生。」

「彌生……?」

「嗯。」

美由紀的身體變成了熱氣。

「彌生……真是個好名字……」

「媽媽！」

熱氣裊裊上升。

「彌生，謝謝妳……」

熱氣像被天花板吸收一樣消失了，穿著黑衣服的老紳士出現在熱氣下方，彷彿什麼事都沒有發生過一樣……

小幸睡著了，她的呼吸聲在安靜的店內迴響。

結束營業並收拾好店裡，玲司從廚房裡走出來，數也解下圍裙。

「玲司，謝謝你。」

數跟他道謝。

「謝什麼？」

「規矩幾乎都是你說明的……」

「沒關係的。由香里小姐泡咖啡的時候，也都是我在說明規矩。」

美由紀就是個好例子。由香里只對美由紀說了「去想看見的未來」，以及「在咖啡冷掉之前喝完」而已，說粗枝大葉還真是粗枝大葉。

「她給你添了不少麻煩吧？」

流抱歉地低下頭。

「剛開始在這裡工作的時候，還真的一團混亂。」

玲司苦笑著說。

這家咖啡店在流他們過來之前，工作人員就只有由香里跟打工的玲司兩人。大約兩個月之前，由香里就不顧一切去了美國，流基於責任感便過來當了代理店長。

他替任性又率性的母親道歉。

「但是我真的嚇得一身冷汗呢。」

「嚇什麼？」

流把頭傾向一邊。

「剛才那位小姐，是叫彌生吧？……她好像走投無路不是嗎？回到過去之前，一直自暴自棄。」

「啊，說的也是……」

「她回到過去，可能就不回來了，但數小姐竟然還是讓她去了……」

「原來如此，確實是這樣……」

流點點頭。

「我常常說明規矩，但其實幾乎沒見過真的回到過去的人。我以為搞不好我只是不知道有『不能違抗想回到過去的人』這種規矩也說不定。」

「我沒聽說過有這種規矩就是了。」

「既然如此……」

數留下一盞小燈，把店裡的照明關掉了，店裡只剩下暈黃色的微光。

「照片……」

數望著窗外點點的漁火喃喃道。

「咦？」

「因為照片很完好……」

「照片？哎？什麼意思？」

「照片已經快二十年了，但保存得非常好……」

流好像知道數的意思了。

「原來如此。」

他小聲地說。

「哎？我不明白。」

玲司眨眨眼睛，搖頭說道。

「因為……要是真的恨爸媽的話，早就把照片撕破丟掉了，不是嗎？」

數說著，慢慢走向門口玄關，打開了店門。

函館夏夜的風，帶著絲絲清涼。

第二話　【幸福嗎？】

函館的夏天很短，當樹葉開始紛紛飄落的時候，轉眼間，函館山就已籠罩在火焰般的豔紅中。

其中大三坂充滿異國情調的美麗石板路，和道路兩旁鮮紅的日本七竈樹，是當地有名的觀光景點。

多娜多娜咖啡店裡眺望青空和函館港的大窗，也迎來了秋天的景色。放眼望去滿山遍野的紅葉，讓店裡充滿了羅曼蒂克的氣氛。

——可能是因為情侶增加了吧。

坐在櫃臺位子上的松原菜菜子思忖著。

今天是星期日，客人比平常多了一倍，店裡非常熱鬧，但多半都是觀光客，不知道有多少人知道這裡是能回到過去的咖啡店。

在對對情侶中，有個年齡將近半百，戴著獵帽墨鏡的高瘦男子，他已經連著三天都來店裡了。早上一開門營業就來，一直到關店才走，會引人疑竇也不是沒道理。

這個奇怪男子的對面坐著時田幸，她手上拿著《一百個問題》。

要是平常看見奇怪的陌生男子跟小幸同桌而坐，在櫃臺後方工作的時田數不消說，坐在菜菜子旁邊吃午餐的村岡沙紀也會提高警覺。

然而，沒有任何人露出戒備的樣子。

因為這三個人都覺那個男人可能是——想回到過去的客人。

很可能是來看看這裡是不是真的能回到過去，要不就是知道規矩，正在等待那個位子上的黑衣老紳士起身去洗手間。這樣的客人很多。之前夏末時，就有來見去世雙親的女客人，白天來過店裡之後，當天晚上又再度過來。

——**沒法下定決心，個性優柔寡斷。**

這是在綜合醫院上班的精神科醫生沙紀，對於這個男人的判斷。而且從他的氣質看來，也不像是個壞人。

第一個看出來的，可能是正與那男人開心地一起玩《一百個問題》的小幸也說不定。

「第五十七個問題。」

「好。」

菜菜子在櫃臺邊看著小幸和墨鏡男一來一往。

「小幸好像很喜歡吔？」

她對數說道。菜菜子指的喜歡應該是《一百個問題》吧。

不止小幸的態度，從墨鏡男認真地回答七歲小幸的問題來看，他也很喜歡，數心想。

「您現在正處於一段『婚外』的關係。」

「婚外情啊，看來又是個很為難的問題了。」

當然，小幸不知道婚外情是什麼意思，她只是照著書上的指示跟對方玩耍而已。

「正處於這種關係。」

「好吧。」

墨鏡男好像也沒覺得不愉快。

小幸又繼續問下去——

要是明天就是世界末日的話，您會採取什麼行動呢？

①跟先生，或是太太在一起。

②跟婚外情的對象在一起。

「選哪一個？」

墨鏡男「嗯」了一聲，歪著腦袋思索。

「這要是選②的話，就會被人懷疑人格有問題了。」

男人的墨鏡轉向菜菜子她們的方向。與其被小幸懷疑，他可能比較介意被小幸的親友團懷疑吧。隨著問題的內容，這種狀況不時反覆發生。

「是②嗎？」

不一會兒，菜菜子不懷好意地問道。

「不是——，我連婚都沒結，不知道婚外情是怎麼回事……」

「您這把年紀還沒結婚？」

沙紀尖銳地插進來吐槽，她說話一向毫無顧忌。

「醫生……」

菜菜子可能覺得這實在太失禮了，小聲地責備道。

「沒有緣分……」

「看起來是個好人啊。」

「大家都這麼說。」

沙紀絲毫沒有歉意，而墨鏡男也並沒有介意的樣子，態度隨便地回答。

他們這樣一來一往讓小幸不耐煩了。

「要選哪個呢？」

她催促墨鏡男回答。

「啊，抱歉，抱歉……嗯，那就①吧。」

「醫生呢？」

小幸對墨鏡男為什麼選①不感興趣，立刻就把矛頭轉向沙紀。

「我選②。」

「咦？」

沙紀的回答讓菜菜子睜大了眼睛，她大概沒想到沙紀會選②。

「怎樣？」

「啊，沒有，就是有點意外……」

「為什麼？」

「因為……」

菜菜子沒法把心裡的想法說出來，她跟沙紀完全相反。

「會被人懷疑人格有問題喔。」

菜菜子閉口不語，墨鏡男從旁插進來說道。

「不是這樣的啦……」

雖然這也是菜菜子想說的話，但她卻慌忙否認擺著手。

「為什麼？」

沙紀自己說出了菜菜子想問的理由。

「因為，要是不那樣的話，就不是婚外情了吧？」

婚外情並不是什麼光彩的事情，但既然都要做這種不光彩的事情，如果明天就是世界末日的話，那自然是選擇婚外情的對象嘍。當然這並不一定是正確的答案，只不過是沙紀的個人見解罷了。

「……啊——原來如此。」

菜菜子說著點點頭。

「那就下一個問題。」

「好。」

小幸精神飽滿地回應，墨鏡男也立刻答應。

「第五十八題。」

「好。」

「您有私生子。」

「又是個為難的問題……」

男人抓抓太陽穴。

要是明天就是世界末日的話，您會採取什麼行動呢？

①既然是最後一天了，就跟先生或是太太坦白，一吐胸中塊壘。

②一直隱瞞到最後，自始至終都當個偽善者。

「要選哪一個？」

「嗯……」

男人雙手抱胸，歪著頭考慮，幾乎每個問題都這樣。

這些問題的內容都不簡單。第一個問題，是要不要進入只能救一個人的房間，接著是要不要還借來的東西、要不要舉行結婚典禮之類的，範圍十分廣泛。雖然看起來像是沒什麼了不起的問題，但有很多是大家平常能拖就拖，不會特別去想的內容，要不是有「明天就是世界末日」為前提，就不會做出抉擇，而且答案還是二選一。

做？還是不做？

英國的劇作家威廉．莎士比亞著名的作品《哈姆雷特》，有一句非常有名的台詞：「生存還是毀滅，這是問題所在……」

這句是哈姆雷特在叔叔謀殺了父親之後，煩惱要不要復仇的場景獨白。叔叔為了自己的私慾謀殺親哥哥，並竄奪王位，還娶了嫂子，也就是哈姆雷特的母親為妻。故事裡的叔叔是絕對的壞人，如果哈姆雷特在知道實情之後，毫不猶豫立刻復仇的話，就不會有任何人遭遇不幸。然而，哈姆雷特卻猶豫了。自己該不該相信幽靈的話呢？要置身於權力鬥爭之中，還是假裝毫不知情，安安穩穩地過下半輩子呢？

總而言之，故事的重點是，哈姆雷特優柔寡斷的個性。

在他遲疑不決的時候，失去了最愛的戀人歐菲莉雅，還害死了不相干的人，舊友行刺他，母親也被毒殺，最後自己跟叔叔也都死了，甚至連國家也落入他人手中。

這齣戲從頭演到尾是長達四小時的巨作，而且戲劇的精髓若一言以蔽之，可以說是，一個人「做，還是不做」的迷惘故事。

當然，在場的菜菜子、沙紀和墨鏡男，並沒察覺這本《一百個問題》是在詢問讀者人生裡的重大分歧。大家都覺得世界末日只是假想的，很開心地玩著終極選擇。

「優柔寡斷是致命傷喔。」

小幸對跟哈姆雷特一樣無法選擇的墨鏡男責怪道。

可能只有看過莎士比亞全集的小幸，知道這本《一百個問題》不只是娛樂而已……

喀啦哐噹。

牛鈴響了。

「我回來了。」

進來的不是客人，而是小野玲司。他拖著旅行箱，背著背包，手上拎著裝土產的紙袋。

「玲司哥哥，歡迎回來。」

「我回來了。」

玲司跟小幸打了招呼，然後走進廚房。

「你剛剛從東京回來的吧？休息一下也沒關係……」

「沒問題。今天是星期日，接下來客人還會更多呢。」

這是玲司在廚房裡跟流的對話。

流來函館才兩個月，並不知道秋天時期的這家咖啡店會有多熱鬧。

東京的纜車之行位於偏僻小巷的地下室，跟觀光季節毫無關係，通常都很空閒。至於客人多半都是常客，位子也很少，只有九個，而其中一個是能回到過去的座位，所以實際上只有八個位子。

但這裡是函館，觀光景點的中心。咖啡店的位子加上陽台總共有十八個，一到觀光季節，常常客滿，因此人手能多一個是一個。

玲司繫上圍裙，托盤上端著兩杯聖代走了出來。

「土產呢？」

菜菜子開口問。

「等一下啦。」

玲司說著，俐落地把聖代端去給坐在陽台區的客人。

現在白天時，戶外不會太冷，今天沒有風，在陽台上眺望紅葉也別有一番滋味。

送上聖代之後，客人可能問了玲司函館的觀光情報，他跟那對男女談笑了一會兒才走回來。

「甄選的情況如何？」

「這次的段子我覺得很不錯喔。」

聽到菜菜子詢問，玲司很有自信地回答。

玲司想當搞笑藝人，時不時就會去東京參加甄選，但是一直都沒有通過。

「你又為了當諧星，浪費錢特地跑到東京去參加甄選啊？」

沙紀很清楚他的狀況，嘆著氣說。

「不是浪費錢，是投資！對未來的投資！」

「還是放棄吧。玲司，你沒有天分的。」

沙紀說話仍舊毫不留情，而且因為是熟人，更加肆無忌憚。

但是玲司也不認輸。

「才不是這樣！」

「因為……………喏？」

一直都沒結果啊。

「沒有天分啦。」

菜菜子也順著沙紀的話，斬釘截鐵地說。

「喂！」

——連妳也說得這麼乾脆是怎樣！

玲司在心裡嘀咕著，但菜菜子還沒說完。

「不過，就算這樣也不放棄，那就是天分啦。」

「我一點也不覺得高興。」

菜菜子可能是要鼓勵他，卻沒成功，而且這種對話是家常便飯。

沙紀可能是真的想讓玲司放棄當搞笑藝人，但玲司總覺得沙紀是在開玩笑。

對懷抱夢想的年輕人來說，根本是白費唇舌。

玲司看見小幸手上拿著的那本書。

「喔，現在問到第幾題了？」

「五十八。」

「私生子的那題？」

玲司光聽到問題的號碼就知道內容。

沙紀瞪大了眼睛。

「你記得？」

她驚訝地叫起來。

「這種書只要看過一次就能記得啊。」

「與其當諧星，不如運用你這種才能比較好。」

「對啊。」

菜菜子也同意沙紀的意見。

「好了、好了！」

玲司說著，想結束這個話題。

大人的對話跟小幸沒有關係。

「選哪個？」

她問玲司。

「嗯，這個嘛……」

玲司自己看問題時回答過一次，但在小幸面前特意做出為難的樣子，因為他知道小幸喜歡像這樣的你來我往。

玲司望向坐在小幸對面的墨鏡男，男人同時舉起雙手遮住臉。

「林田先生？」

玲司喃喃道。

「啊，哎……」

「您是搞笑組合，砰隆咚隆的林田先生吧？」

「不是，我是路過的美屋。」

男人「啊」了一聲。

他叫做林田康太，是最近幾年人氣急遽上升的搞笑藝人。他剛剛毫不猶豫地回答了玲司的問題，因為在他們的搞笑中有完全相同的開頭段子。
「那種不明所以的裝傻！一定沒錯！砰隆咚隆的……」
玲司說到這裡放低了聲音，因為周圍有很多普通客人。
「……林田康太先生。」
玲司靠向菜菜子和沙紀，小聲說道。
但她們兩人似乎不明白玲司的興奮，菜菜子把腦袋歪向一邊，不能理解為什麼會突然出現「美屋」這個詞。
玲司好像察覺菜菜子的疑問。
「『米』啊，美國不是有時候叫做米國嗎？所以路過的『米屋』故意說成『美屋』來裝傻啦。」
他解釋道。不說明就聽不懂的裝傻，也是受歡迎的表演風格。
「原來如此。」
「這麼說來，確實是……」

菜菜子和沙紀終於露出恍然大悟的表情。

「本來就覺得看著有點眼熟……」

雖然明白了，但並不表示有興趣，要是他的搭檔轟木在的話，或許就另當別論。他們兩人的組合，比較受歡迎的是轟木。

但是對玲司來說，轟木跟林田都是他崇拜的對象，因此他的興奮完全沒有消褪的跡象。

「恭喜您在搞笑藝人大賽中獲得優勝。我知道轟木先生五年前就說過，一定要在大賽中獲勝。真的，太厲害了。啊，嗯，能不能，幫我簽個名呢？」

「嗯……」

「啊，對不起，我太興奮了！您現在是私人身分對吧？不好意思。我也想當搞笑藝人，所以看見您，真的太高興了……」

雙眼閃閃發光的玲司，和菜菜子與沙紀的反應差太多了，要是現在眼前是令人臉紅心跳帥哥偶像的話，雙方情況可能會對調過來也說不定。

菜菜子好像突然想起什麼似的，把頭傾向一邊。

「但是，砰隆咚隆贏了大賽之後，上個月轟木先生不是失蹤了嗎？」

「啊……」

玲司也瞬間叫了出來。

「是的。」

男人用蚊子叫一樣的聲音喃喃道，也等於承認了自己是砰隆咚隆的林田。

在墨鏡的掩飾下，看不出他是不是很吃驚，但剛才的開朗已經消失無蹤。

玲司也為自己不經大腦的莽撞行動後悔，明顯地畏縮起來。

砰隆咚隆的轟木失蹤的消息是大約半個月前傳出來的，但是新聞只報導了三天，之後這個消息就被新的話題取代了。媒體推測失蹤的原因，很可能是金錢問題，大家懷疑他是不是拿了優勝獎金一千萬日圓潛逃了。

只不過事實真相到底如何，沒有人知道。

「您來這裡，是不是有什麼原因？」

數開口詢問。

林田連續三天到店裡來，不可能沒有原因。他的目的，是想回到過去吧。

理由也很容易想像，一定是跟搭檔的失蹤有關係。

林田好像認命似地嘆了一口氣，取下墨鏡。

「我以為他會來，所以才到這裡來等的。」

「是說失蹤的那位嗎？」

「對。」

林田聽到數的問題，垂下眼瞼回道。

「為什麼？」

為什麼他認為失蹤的搭檔轟木可能會到這裡來呢？這是沙紀的問題。

「來見世津子。」

「那是誰？」

沙紀繼續問道。

「他的太太，五年前去世了。」

也就是說，林田在這裡等轟木來見五年前去世的太太世津子。但如果是這樣的話——

——轟木也知道這家咖啡店的傳聞嗎？

——就算知道，那麼林田為什麼覺得轟木會來這裡？

——是說轟木的失蹤跟五年前去世的太太有關係嗎？

——林田為什麼要等轟木呢？

疑問重重，沙紀跟玲司他們心裡都充滿了問號。

「我跟轟木和世津子，是在這裡上同一所小學的青梅竹馬。」

林田慢慢地道出了這些疑問的答案。

他們都是本地人，這樣的話，知道這家咖啡店能回到過去，也清楚規矩便不奇怪了。搞不好，他們也認識現在人在美國的店主時田由香里。

「世津子從小就喜歡看搞笑表演，我們會去東京出道當諧星，也是世津子鼓勵的。」

他繼續說道。

小幸側耳傾聽林田說的話，就像看書時一樣動也不動。

「我們沒有任何倚靠，生活真的、真的很辛苦。最初三個人租了一間小公寓，我和轟木想段子去參加甄選，沒被選上就在搞笑短劇裡跑龍套，賺一點連酬勞都算不上的微薄小錢……」

林田話說到一半，靠近暖爐的客人舉起手喊道：「不好意思……」玲司心不甘情不願地走過去。

「世津子為了支援我們，白天去當家庭教師，晚上在銀座陪酒，賺錢供我們生活。一切都是為了讓我們，不對，是讓轟木能當諧星……」

林田望著玲司的背影，繼續說道。

世津子犧牲奉獻的樣子浮現在大家面前。這絕非被迫，一定是世津子自己心甘情願的。用林田的話來說，一切都是為了轟木。

「所以對轟木而言，成為成功的諧星，是他和世津子的夢想。」

當然，那一定也是林田的夢想。

「五年前，我們以砰隆咚隆的組合終於成為深夜節目的固定班底，轟木向世津子求婚。雖然成為固定班底，但我們還是很窮，連舉行結婚典禮的錢都沒有，然而，當時世津子幸福的表情，我到現在仍舊記得很清楚。但是……」

林田說不下去了。

不用說也明白……世津子死了。

「令人難以置信，世津子就這樣走了……」

菜菜子垂下眼瞼。

「下次要在搞笑藝人大賽上獲得優勝……。這是世津子最後的遺言。」

玲司完成工作默默地走回來，即使中途離開，還是很在意這邊的動靜，雖然沒有完全理解內容，卻帶著奇特的神情默默地聽著。

「原來如此……」

沙紀喃喃道，突然……她明白了。

愛妻的遺言——要在搞笑藝人大賽上獲得優勝。

這個目標在兩個月之前已經達成了，於是支持轟木活下去的支柱也就消失了。失去愛妻的悲痛越深，完成愛妻遺願的意念越強烈，喪失感就越大。

聽到這個故事的人都能想像。

「這是不是叫做職業過勞症候群啊……。搞笑藝人大賽結束之前，他都充滿了幹勁，但當實現了世津子留下來的夢想之後，就變得跟廢人一樣，每天爛醉如泥。」

職業過勞症候群，可以算是憂鬱症的一種。憂鬱症通常是由壓力、過勞、意外和喪失等等巨大衝擊所造成的。相形之下，職業過勞症候群是本來致力於工作的人，無法得到自己期待的結果，而開始懷疑努力是不是沒有意義的症狀。

只不過在日本，這種現象經常用來形容大賽過後，體育選手的心理狀態。達成了人生最大的目標之後，接下來生命中沒有焦點的空虛感。

林田覺得轟木應該是後者的狀況。搞笑藝人大賽是轟木人生的目標，身為他搭檔的林田最清楚不過了。

然而，看著轟木這個樣子，林田應該也無計可施。這種時候他臉上不是悲傷，反而充滿了不甘心的表情。

「但是，為什麼現在覺得轟木先生會到這裡來？」

「確實。」

沙紀附和菜菜子的疑問。

林田應該有料想到會有這個問題，他從小包包裡拿出一張明信片，遞給了菜菜子。

「這是四天前寄到的。」

那張明信片上有一位女性，身後的背景是美國巨大的紀念碑谷。

菜菜子「啊」地叫了一聲。

「……這個，難道是，」

她說著，便把明信片給玲司他們看。

「由、由香里小姐？」

玲司的聲音大到讓店裡的客人一瞬間都朝他看過來。

「對、對不起。」

「笨蛋……」

菜菜子拍了一下玲司的肩膀。

「真的是吔。笑得真開心，好像很好玩？」

沙紀漫不經心地發表感想。

由香里跟一個少年一起去了美國，找尋少年失蹤的父親。她對著鏡頭比出勝利手勢，滿臉笑容，好像玩得很開心的樣子。

照片上看來一切安好，但是由香里小姐這種興高采烈還比勝利手勢的照片，可不能讓流先生看到。有這種想法的不止玲司。

但是林田要他們看的並不是由香里所在之處，而是上面的字——

搞笑藝人大賽，第一名、頭獎！恭喜！世津子妹妹一定也很高興。

大賽結束已經將近兩個月了，她可能不知從什麼管道得知，才寄了這張明信片過來，林田是在四天前收到的。

由香里叫世津子「妹妹」，顯然跟他們三人的感情很好。

林田垂著眼瞼沈默了一陣子。

「看到這張明信片，我才想起來，這間咖啡店……」

他突然說道。

明信片寄到林田家的地址，由此可見，由香里跟他們三個人一直有往來。

林田想起來的是「能回到過去」這件事。

「我想，明信片一定也寄到那傢伙那裡了，所以……」

「轟木先生如果想起這家咖啡店的事，可能會到這裡來，想跟亡妻見面？」

數幫忙接續著說道。

「對。」

林田明確地回答。

——一定會來。

他是這麼想的。

喀啦哐噹。

「歡迎光臨。」

聽到牛鈴聲的玲司說道，這簡直是下意識的反應。

數只默默望向門口，看見進來的人。

「……麗子小姐。」

布川麗子是偶爾會來這家咖啡店的客人之一，麗子的妹妹一直到去年為止，都在觀光季節時來這裡打工。

膚色白皙，有點夢幻氣質的麗子，站在店門口慢慢向內張望，並沒有要入座的意思。

「麗子小姐？」

玲司望著麗子出聲招呼，當然玲司也認識麗子，但麗子完全沒有理會招呼她的玲司。

「雪華呢？」

她用幾乎聽不見的聲音喃喃道。不知道她是在問誰，沒有焦點的視線好像茫然地望著窗外的紅葉。

「哎？」

菜菜子驚訝地望著玲司。

玲司帶著為難的表情，朝麗子走近了幾步。

「呃……那個……」

他不知該怎麼說，抓著腦袋。突然間——

「今天還沒來喔。」

數出聲回答。

麗子的視線落在數身上，一陣好像很長，又好像很短的沈默……

「那我下次再來。」

說完，麗子慢慢轉過身，離開了店裡。

喀啦哐噹。

這個短暫的插曲讓玲司跟菜菜子一臉茫然地面面相覷。

只有沙紀俐落地站起來，在櫃臺上放了午餐費用七百五十日圓。

「謝謝。」

她說完，好像要去追麗子一樣，走出了咖啡店。

喀啦哐噹。

「不客氣。」

數像沒事一樣，對著沙紀的背影說道。

「數小姐，雪華小姐不是兩個月前……」

菜菜子滿面疑惑地輕聲說，聲音越來越小到後面就聽不見了。

「嗯。」

「那為什麼要騙她說：『今天還沒來？』」

玲司緊接著問數，他可能是對數和沙紀的態度感到不解吧。

「現在不說這個吧……」

數沒有回答玲司的問題，望著林田，他的話正說到一半。

「啊，對不起。」

玲司對林田低頭道歉。

「沒關係，沒關係，不用介意。」

林田已經沒有什麼話要說了。身為戴著墨鏡，從早到晚都待在咖啡店裡的可疑男子，壓力最大的人其實是他吧。他可能總提心吊膽，不知道會不會有人去報警呢。這下子把話說開了，他也樂得輕鬆。所以——

「那今天我就先告辭了。」

他說著站起來，快到中午了，他應該也知道店裡客人會越來越多。

「要是轟木來了的話，請在他離開之前跟我聯絡好嗎？」

林田結了帳，留下自己的名片。

小幸送他到門口，揮手望著林田寂寞的背影漸漸消失。

林田離開之後，店裡一下子忙碌了起來，連菜菜子都幫忙到收銀台結帳。外場還算應付得來，廚房卻只有流一個人奮鬥，小幸一直在旁邊對著他打氣說道：「加油、加油。」

觀光景點的午餐時段並不長，頂多也就一個半小時，結束之後，只剩下幾對悠閒眺望窗外景色喝茶的情侶。

玲司和菜菜子在櫃臺稍事休息。

「醫生說……」

數突然開口，她指的自然是精神科醫生沙紀。

兩人立刻明白她說的是，午餐時段沒說完的麗子話題。

麗子問妹妹在哪裡，數回答今天還沒來，然而，麗子的妹妹雪華兩個月前已經去世了。這件事菜菜子和打工的玲司不會不知道，所以數為什麼要說這種謊，大家都很在意。

「麗子小姐好像還沒有接受雪華小姐去世的事實。」

數停下手上的工作說道。

也就是說，麗子仍舊在找尋去世的妹妹。

「這樣啊。」

玲司難過地說。菜菜子用手掩住嘴，說不出話來。

「所以醫生拜託我盡量配合著麗子小姐的話來應對。」

數說完，再度開始做事。

☕

黃昏時分。

店內一片橘黃，這家咖啡店只有午餐時人比較多，現在就很空閒。

「……咦？」

流頓了一下，叫出聲來，這是因為玲司說了一句話。

「尊夫人啊。您不想再見她一面嗎？」

流不知道為什麼會提起這個話題。

「之前菜菜子也問過……」

「是嗎？」

「大家都這麼在意嗎？」

「因為要是留在東京的店裡，就可以看到十四年不見的太太了……」

那是夏末的事。醫生說流的太太計要是生下小孩，命就不久長，所以為了跟自己的女兒見面，計從過去到了未來。由香里剛好在這個時候突然去了美國，流便到函館來當代理店長。玲司想說的是，雖然這時機不湊巧，但要是時隔十四年能見面的話，就在當天回東京去也是可以的。

「她不是來見我，是要見我女兒美紀的……」

流淡淡地說。他並非鬧彆扭，就只是字面的意思，沒有什麼特殊含意，因為流就是這樣的男人。

「但是……」

即便如此，玲司仍舊無法釋然。

「什麼？」

「已經十四年沒見了吔。」

「確實如此……」

「您不想見她嗎？」

「嗯，剛才已經說過了，她不是來見我，是去見美紀的……」

又回到這句話上。因為流是真的這麼認為的，所以他只能這樣回答，他不能理解玲司為什麼一定要如此逼問。

「那麼，流先生有想回到過去見某人嗎？」

玲司試著改變問題的方式。

「我嗎？」

「對。」

流雙手交抱在胸前，把細細的眼睛瞇得更細了。

「……嗯，沒有吔。」

他想了一會兒喃喃道。

「為什麼？」

「為什麼？」

——為什麼要問這種問題？

他思忖著，把頭傾向一邊。雖然不明白玲司的意圖，但他還是打算認真地回答。

「嗯——」

流支吾出聲。

「那既然能回到過去，您不想跟太太見面嗎？」

「啊，是要問這個啊？」

「對。」

「嗯，我從來沒有想過。」

「這樣啊……」

看來似乎不是玲司想聽到的答案。

「怎麼啦？」

「今天白天所發生的事情，我一直想著林田先生為什麼會覺得轟木先生可能會來這裡……」

這次輪到玲司滿臉為難地歪著腦袋。

「什麼意思？」

流當時雖然不在場，但後來也聽說了，但他仍舊不明白玲司想說什麼，眨著細細的眼睛。

「轟木先生想跟去世的太太見面，這很正常吧？」

「是吧。」

「既然這樣，林田先生為什麼在這裡等轟木先生呢？」

「啥？他應該是想找到失蹤的轟木先生吧……？」

流越來越不理解玲司想說什麼了，但雖然不明白他的意思，流還是把自己心中所想的說了出來。

「是這樣的嗎？」

「哎？」

「要是這樣的話，那就在轟木先生家門口等不就好了嗎？」

「為什麼？他失蹤了啊？」

「那麼，林田先生為什麼覺得轟木先生也看到了明信片呢？」

「啊……」

玲司繼續推論，他可能有點沈浸在自己當偵探的氛圍中。

「新聞報導上說的失蹤，很可能只是轟木先生完全放棄了工作的意思。那樣出名的人不可能真的失蹤吧？要是去報警，一定立刻就可以找到。既然是這樣的話，就讓人想不透了。」

「想不透什麼？」

流已經完全進入了福爾摩斯身邊的華生角色，跟玲司的推理一應一和。

「林田先生的行動。」

「林田先生？」

「請仔細想想。要找到轟木先生的話，在他家門口等就可以了，為什麼要特地跑到函館這家咖啡店來等待呢？」

「……這是因為轟木先生想回到過去，跟太太見面不是嗎？」

「光是這樣，就能在這裡待上三天守株待兔嗎？」

「……哎？難道是，」

「就是這樣。」

玲司雙眼閃閃發光。

「林田先生有不想讓轟木先生回到過去的理由。」

「不想讓他回到過去的理由？會是什麼呢？」

「…理由是，」

流瞬大了細小的眼睛，等待玲司繼續說下去。

「……我不知道。」

「什麼啊！」

流簡直像是演滑稽短劇一樣蹲了下去。

「對不起。」

「真是的。」

「所以，要是數小姐想阻止流先生回到過去的話，會是什麼理由呢？」

玲司抓抓腦袋說。

「數阻止我的理由？」

「嗯，只是假設一下，當參考而已。」

「應該沒有吧。」

「沒有？」

「那傢伙不會阻止想回到過去的客人，更別說有理由阻止我了。」

「這樣啊……」

玲司好像很遺憾似的垂下肩膀，他的表情彷彿還有話要說，就連流也看得出來。

「怎麼了？」

流望著玲司的面孔問道。

「沒有，這真的是，我擅自……怎麼說呢，低俗的推測也說不定……」

連低俗兩個字都出來了。

「嗄？」

「搞不好……轟木先生、林田先生、跟世津子小姐是三角關係……」

「怎、怎麼會……」

流倒抽了一口氣。

「能說一定不是嗎？」

玲司的話中有奇妙的魄力，而流向來對男女之間牽扯不清的暗流這樣的話題非常不拿手，只聽得額頭冒汗。

「說不定林田先生有不能讓轟木先生去見世津子小姐的秘密吧？」

玲司繼續說道。

「秘、秘密？」

「對。」

「……什、什麼秘密？」

「那就是……」

喀啦哐噹。

「歡迎光……」

——本來以為他會看起來很憔悴……

玲司聽了林田的敘述，想像轟木可能是披頭散髮，不修邊幅，成天抱著一瓶酒喝得醉醺醺的模樣。玲司想帶轟木入座，轟木舉手制止，自己走到櫃臺旁邊坐下。

「冰淇淋蘇打。」

他對站在眼前的流說。

冰淇淋蘇打？這又跟玲司的想像完全不同。

「知道了。」

流點頭說著，走進了廚房，走進去前，他瞥了玲司一眼。

——看起來很正常啊……

他的眼神好像這麼說。

暮色慢慢落下，太陽還沒完全下山，但天空已然開始染上深藍色。

紅色的紅葉和深藍的天空，有點淒涼，又美麗……

店裡變暗了，但這也有另一種情調。

客人一個個結帳離開，在這個期間轟木只默默地吸著冰淇淋蘇打，靜靜地凝望著窗外。

「由香里小姐呢？」

然後他突然開口詢問玲司。

「咦？」

這天外飛來的一句話，讓玲司一時之間沒聽清楚。

「店長，由香里小姐……」

玲司和從廚房回來的流面面相覷。

「休假嗎？」

不知道內情的轟木可能一直在等由香里現身。

玲司朝轟木走近一步。

「由香里小姐現在人在美國。」

「美國？為什麼？」

轟木眼珠子骨碌碌地轉動。這可能是他驚訝時的反應吧。

「之前有個少年到這裡來，提起自己的父親失蹤了，所以她就跟那位少年一起到美國去找他父親……」

玲司一面朝流使眼色，一面說明。

那個少年可能是想回到過去跟失蹤的父親見面，但可惜這位少年的父親並沒有來過這家咖啡店，因盤沒辦法見到面。由香里看著灰心喪氣的少年，沒法放著他不管吧。

當時在場的玲司仔細地跟轟木說明了狀況。

「所以就到美國去了？」

「對。」

「哈哈哈，不愧是由香里小姐。」

轟木的笑聲在店內迴盪。從這豪爽的笑聲，完全想像不出他是個失蹤或是失意的人。

「我收到了這張明信片，才來找她的……」

他拿出跟林田那張一模一樣的明信片，畫面上由香里的背後是美國的紀念碑谷。

「這不是觀光旅遊吧？是因為看見別人有困難，所以拔刀相助的吧？那個人真是……」

轟木苦笑了起來，但並不是抱怨，他的笑容十分真摯。

「就是說呢。」

玲司也這麼覺得。

「什麼時候回來？」

「不知道，她只偶爾傳電報回來……」

「電報？這個時代還用電報……」

「對啊。」

「這樣啊。那麼，就沒辦法回到過去啦……」

轟木好像很遺憾似的喃喃自語。

——果不其然。

玲司心想，轟木是為了回到過去才來這裡的，只不過理由不明。

轟木把明信片放在櫃臺上，拿起帳單站起來。

咚——咚——

老爺鐘報時，下午五點半。

轟木瞬間瞥了老爺鐘一眼，然後默默地走向收銀台。

「可以回到過去喔。」

流在轟木背後說道。

轟木轉過身來，流身後襯著打上燈光的紅葉，在轟木看來一定是一個巨大的黑影。

「您說能回到過去？」

轟木帶著奇特的表情反問。

「可以。」

「除了由香里小姐之外，還有時田家的人在嗎？」

「您很清楚啊。」

「因為我從小就來這家咖啡店了。」

「這樣啊。」

轟木並沒有問那現在倒咖啡的是誰，因為對他而言，只要能回到過去，是誰都無所謂。

「今天他還沒去過洗手間吧？」

他望向黑衣老紳士，老紳士仍舊在看小說。

「嗯。」

「我知道了。」

轟木慢慢地回到櫃臺邊坐下，又叫了一杯冰淇淋蘇打。有幾個客人認出了轟木，來跟他搭話或是請他簽名，轟木並沒有不樂意的樣子，也和氣地用得意的吐槽應對。

——他真的行蹤不明嗎？

玲司心中思忖著。

就這樣客人一個一個離開，太陽完全下山了，店裡只剩下轟木一個人，玲司打開了店裡的夜間照明。

「喔。」

轟木感嘆出聲。

戶外點了燈，室內高高的天花板上懸吊的罩燈發出柔和的光芒。夏天可以眺望海上的漁火，秋天打了燈光的紅葉則充滿了幻想的氛圍。這家咖啡店隨著季節而有不同的面貌，而這幅景象是近幾年開始的，轟木則是第一次看到。

「您要去見去世的夫人嗎？」

玲司等店裡只剩轟木一人時，才開口詢問。

轟木臉上浮現略顯困惑的神色，但是立刻就消失了。

「為什麼這麼問？」

他靜靜地反問。

「白天的時候，林田先生來過……」

這一句說明就夠了。

「原來如此。」

轟木好像什麼都明白了，他不讓玲司繼續說下去。

一時之間，店內陷入了沈默。

過了幾分鐘，默默低頭的轟木仍然沒有抬起頭。

「那傢伙，說了什麼嗎……」

他問玲司。

「他說，轟木先生可能會來見去世的夫人……」

「……其他呢？」

「沒有說什麼別的了……」

「這樣啊。」

「是的。」

接著又是一陣沈默。

轟木不看玲司也不看流，只默默地望著窗外。

「那一直是我的目標。」

他突然開口說道，但聲音很小，要是有其他的客人在場，可能也聽不到。

「搞笑藝人大賽嗎？」

「嗯。」

轟木回道，愛憐地撫摸左手無名指的戒指。

「與其說是我們的夢想，不如說是我太太……世津子的夢想……」

那是個沒有光澤，樸素的戒指。

「既然都來了，我想看看老婆高興的樣子。一直覺得坐立不安，因為大家都說我失蹤了什麼的，但要不是我避不見面，工作就會忙得要死，根本沒辦法到這裡來……」

轟木說著，也不好意思起來。

玲司聽著他的話，想起自己不久之前的粗俗猜測，覺得無地自容。

——什麼三角關係啊……

他無法正視流的面孔。

「原來是這樣啊……對不起……」

玲司用幾乎聽不到的聲音說，也不知對著誰低下了頭。

轟木不知道玲司為什麼道歉，但他也沒有特別介意的樣子，只微微點頭，然後他從胸前口袋裡掏出一個金光閃閃的獎牌，那是大賽優勝的獎牌。

「等我跟老婆報告後，就會回去工作的。所以……」

請讓我回到過去。

「……我知道了。」

這雖然不是玲司能決定的，但他希望能幫助轟木回到過去，當然流也跟玲司是同樣的心思，並不會唱反調。

——林田先生為什麼要特地到這裡來等轟木先生呢？

只不過，大家心裡都有這樣的疑問。

——很可能並沒有什麼特別的理由，搞不好只是追著轟木的下落，沒有其他的意思。

玲司想到自己之前的低俗念頭，立刻打消了這個疑問。

「也給林田發個簡訊吧。」

轟木立刻又說，接著他拿出手機，發了簡訊。

林田說過要是轟木來了就聯絡他，既然轟木自己給他發了簡訊，那就沒有問題了。

——太好了。

玲司心裡一塊大石頭落了地。就在此時——

啪噠——

書本闔上的聲音響起，是從老紳士手邊傳來的。

老紳士把書夾在腋下，無聲地站起來，他的背脊挺得筆直，收著下顎，端正地朝洗手間走去，沒有腳步聲。他站在洗手間門口，門自動無聲地打開，接著他就消失在裡面，門關上了。

轟木、玲司和流一直望著他。

座位空出來了。在這個位子上坐下，讓人泡咖啡，就能回到過去。

然而，轟木卻沒有動作。

「小幸……我去叫她。」

玲司打破了沈默對流說著，朝樓梯走去。

「把數也叫來。」

流在玲司背後指示，玲司默默點頭，吧嗒地走下樓梯。

這個時候，轟木才回過神來，他也可能是這時才發現玲司不在了。

——我可以坐嗎？

轟木用眼神詢問著流。

「請。」

流只這麼說。

望著空出來的座位，轟木很緊張，而流很熟悉這種緊張。

去見去世的妹妹……

去見去世的好友……

去見去世的母親……

去見去世的妻子……

一旦真的要去了，又不免躊躇了起來。

對方越重要，躊躇就越深。因為即便回到過去，對方也無法重生。無論如何努力，也無法改變現實，因為這是規矩。

更別提轟木是要去跟生前無法一償宿願的妻子，報告自己得到了搞笑藝人大賽的優勝。

他想讓對方高興。對轟木而言，看見愛妻世津子高興的表情，是最大的幸福。世津子聽到轟木的話，一定也會覺得非常幸福吧。

只不過，他們共有的只有咖啡冷掉之前的短暫時光。轟木非回來不可，要不然就輪到轟木變成幽靈，坐在這個位子上了。

要回到過去，一定得明白這一切才能坐上那個位子。

朝那個座位踏出的一步，不可謂不沈重。

吧嗒的腳步聲響起，玲司從樓下走上來了。

「……馬上就來。」

玲司以為轟木已經坐下了，看見轟木還在櫃臺的位子上，不由得眼神游移。然而，他這一聲可能成了催化劑，轟木終於站起來，慢慢走向能回到過去的位子。

數和小幸從階梯走上來。數穿著牛仔布長袖襯衫和黑色長褲，沒有繫圍裙，而小幸穿著胸前和袖口都有可愛荷葉邊的花洋裝，繫著淺藍色的圍裙。

轟木站在那個位子前面。

「我聽說了。」

數對他說道。

「那麼，是您代替由香里小姐泡咖啡嗎？」

轟木一定是以為開口招呼他的女性，就是要來替他泡咖啡的。

「不是。」

數的回答讓轟木困惑。

「咦？那是誰？」

「泡咖啡的是我女兒。」

數說著，望向站在旁邊的小幸。

「我是時田幸。」

小幸非常有禮貌地朝轟木低頭行禮。

轟木一瞬之間露出驚愕的表情，但馬上就想起了以前由香里說過的話，

——時田家的女性滿七歲就可以泡咖啡了。

他想起來了。

——原來如此。

現在換這個孩子泡咖啡。

「……拜託妳了。」

轟木笑著對小幸說，小幸也回他一笑。

「去準備吧。」

數說道。

「好。」

小幸回道，然後就走進廚房，流也理所當然地跟著她進去。

轟木看著小幸的身影消失在廚房裡，這才把身體滑進桌椅之間。雖然這是他從小就常來的地方，卻是第一次坐在這個位子上。轟木好像很稀奇似地舉目四顧。

「尊夫人也常來這家咖啡店嗎？」

數問他。

數是第一次見到轟木，但她既然開口就提起世津子，那顯然是聽說過他們是常客的事。

轟木明白她想詢問的。

「嗯，我聽說五年前她去世之前，新年正月的時候回到老家這裡，跟由香里小姐拜過年。」

他回答，他知道自己該回到哪一天。

「所以就回到那一天嗎？」

「嗯，我是這麼打算的。」

世津子五年前去世了。在她去世之前的那個正月，他應該也知道世津子到這裡來的正確時間。

數完全不需要再次說明。

小幸端著托盤走出來了。最近幾個月她跟數和玲司學習端托盤的方法，每天練習，現在已經稍微熟練了一點。

小幸用略顯生疏的手法把純白的咖啡杯放在轟木面前。

「您聽過規矩了嗎？」

她非常禮貌地問。

轟木看見小幸緊張的表情，微微笑起來。

「沒問題的，叔叔以前也在這家咖啡店打過工，所以沒問題……」

這句話不知是真是假，不管怎樣，都是為了讓眼前的少女安心，周圍的人都很清楚。

小幸轉過頭望了數一眼。

——可以嗎？

她用眼神詢問。

數回她一個笑容。

小幸的表情放鬆下來，果然她才七歲，還是會緊張的。

小幸慢慢拿起銀咖啡壺。

「那麼，」

重新開始，她正式地說——

「在咖啡冷掉之前……」

這句話在安靜的店內迴盪，小幸開始把咖啡倒進杯子裡。

可能是她反覆練習有了成果吧，咖啡從銀咖啡壺細細的壺口慢慢地注入咖啡杯。

轟木望著咖啡慢慢被倒滿，回想起小時候第一次聽說這家咖啡店傳說的那一天。

——能回到過去？騙人的吧？而且現實還不會改變？那樣不就沒有意義了嗎？

這是轟木的第一個反應，他當然沒想到有一天自己真的也會回到過去。

——這麼說來，當時一起聽到的世津子也說：「太棒了！」還眼睛閃閃發光……

懷念之情和笑意交錯襲來，轟木不由得噗哧地笑出聲來。

聲音未落，轟木的身體就變成一縷熱氣，像被天花板吸進去一樣消失了。

一切都在眨眼之間。

喀啦哐噹。

就在這個時候，林田伴隨著響亮的牛鈴聲走進店裡，他一進來就衝到轟木消失的那個座位旁。

「阿健！」

他叫道，健是轟木的名字。

「林田先生？」

玲司和小幸都睜大了眼睛。

「那傢伙呢？阿健呢？」

「咦？」

雖然知道阿健是轟木先生，但林田著急的樣子還是讓玲司一時之間感到手足無措。

「轟、轟木先生，剛剛回過去見去世的夫人了……」

「為什麼讓他去！」

林田沒聽玲司說完，便揪住他的衣襟。

「林，林田先生？」

小幸被林田的樣子嚇到了，躲到數身後。

——啊……

看見小幸害怕的樣子，林田一下子氣餒了，放開玲司的胸口。

即便如此，急速的心跳無法立刻安穩，林田喘著大氣，試圖平靜下來。

「怎，怎麼啦？」

玲司怯怯地問道，他望著林田的面孔，而林田瞪著那個座位。

「他回到過去，可能就不打算回來了……」

他無力地喃喃道。

「哎？」

流細長的眼睛也睜大了。

——不回來！

雖然聽到林田這麼說，玲司一時之間還是沒有明白過來，因為玲司並不覺得轟木看起來像是自暴自棄的樣子。

但林田若是擔心這一點，才在這裡等轟木的話，那一切就說得通了。

林田想阻止轟木自殺。

「但，但是，轟木先生說他只是去報告搞笑藝人大賽獲勝的消息，然後就會回來……」

轟木確實這麼說了。

玲司回想了一下，覺得林田說轟木不會回來，可能是多慮了。

然而，林田聽到玲司的話，大大地嘆了一口氣。

「他不可能回來的。」

「為什麼？」

聽到流這麼問，林田從口袋裡掏出手機，打開讓大家看畫面。

螢幕上面有一句話——

對不起，之後就拜託你了。

這一定是剛才在玲司他們面前發的簡訊。

這句話的意思，顯然就是轟木不打算回來了。

「怎麼這樣……」

玲司倒抽一口氣，望著那個已經空無一人的座位。

轟木、林田跟世津子報考同一所學校。

林田跟世津子書念得不錯，但轟木卻不擅長讀書。雖說不擅長，但也不是完全不能，轟木成績中上，只不過林田跟世津子是非常優秀而已。

三個人想上的是函館的工業高級專科，那是函館市內的公立高級專科學校，通常簡稱為「高專」。主要是實施工業、技術科系的五年制（商船科則是五年六個月）專門教育。

這個時候，轟木跟林田還沒有決定要當諧星。

高專校風比較自由，就職率也很好。只不過偏差值約是六十二到六十三，在北海道內四百八十六所高中排名二十一，公立十五所學校中排名第一，偏差值非常高。在應考之前的面談，只有轟木被老師告知絕對考不上。

「我可是說辦到就能辦到的男人。」

不願認輸的轟木說道，他沒有退縮。

「三個人要一起上同一所高中的話……，那我們配合阿健不就得了？」

林田冷靜地說道。

「阿健絕對沒問題的！」

世津子如此激勵轟木。

事情就這樣決定了。

轟木拼命用功，世津子替他打氣，林田教他功課，從考試前一個月開始，每天唸書超過七個小時。

高中入學考試當天，函館大雪紛飛。

全市成了雪城，但是考試並沒有因此中止。

沒有風，只不斷地下著雪，純白的世界。

三人一起前往考場，已經做了萬全的準備。轟木做考古試題時，也幾乎都可以達到及格的分數。

「要是考不上的話，那就是老天討厭阿健啦。」

世津子說著，把合格祈願的護身符遞到轟木手中。

「小意思啦。」

轟木挺起胸膛，他可從來沒這麼用功過。

——難道我其實是喜歡唸書的嗎？

他也曾經有過這種錯覺。

結果他沒考上，只有轟木一個人沒考上高專。

雖然對替他打氣的兩個人覺得過意不去，但轟木自己並不後悔，他有著已經盡力而為的成就感。而且沒考上就是沒考上，就算抱怨也沒用。

考上的世津子應該高興的，但她卻不甘心地流下了眼淚。

「是我忘記賄賂老天，所以才這樣啦。」

轟木笑著說。

後來他考上了公立高中，便獨自去就讀。

春天，開學典禮當天。

轟木以為自己看錯了……世津子跟他同班。

「妳怎麼……」

世津子放棄了高專，跟轟木一起上了公立高中，而且還碰巧是同班。

「這是我賄賂了老天的結果喔。」

世津子得意洋洋地微笑道。

「因為我們要一直在一起的，不是嗎？」

——**嗯，我們要一直在一起……**

窗外是一片銀雕玉琢的雪景。

太陽剛剛才下山，天空的青色在雪上映出一片瓷藍，灣區的街燈泛出橘色的光芒。

這是函館冬天最美的時刻。

五年前的一月三日。

冬天關店的時間是晚上六點。

正逢新年假期，現在已經沒有客人了，店裡只剩下由香里和世津子兩人，以及那位老紳士。

那個座位上總是突然有人出現。

這家咖啡店有很多觀光客，也有很多人不知道這裡可以回到過去有時候坐在入口附近座位的老紳士，會突然變成一股熱氣，然後位子上就出現別人。

客人當然都會大吃一驚：「發生什麼事了？」但是由香里並不驚慌。

「各位有沒有覺得驚喜？」

她都會這麼說，讓在場的客人認為這是魔術表演。客人覺得表演精彩，還會拍手鼓掌。就算有人問怎麼辦到的，也無法說明……

這一天，老紳士又突然化為熱氣。

由香里不用說，連世津子也見過好幾次。然而，當看見熱氣下出現的人時，世津子驚訝地叫起來。

「阿健？」

「喲。」

轟木舉手回答。

世津子沒有問轟木為什麼突然出現，只用目光跟由香里求救。

由香里面色一動，走到轟木的座位旁邊。

「唉喲，阿健，你氣色不錯啊。我看見電視了，好高興，好高興喔！」

她欣喜萬分。

轟木有點惶恐。

「謝謝。」

由香里不管跟他說什麼，他都能自然地應答，就這麼聊起來。

不一會兒，世津子終於過來問他。

「怎麼啦？」

「什麼怎麼啦？」

「還問什麼怎麼啦？就這麼突然出現，嚇到我了。」

世津子鼓起面頰。

「就算這樣妳會嚇到，我也沒辦法先通知妳啊。」

「說的也是啦……」

轟木說的有道理，世津子被他哄著噘起嘴來。

「從未來來的？」

「嗯，是啦。」

「……發生什麼事了嗎？」

雖然沒說幾句話，但身為轟木青梅竹馬的世津子應該察覺到不對勁了，她擔心地望著轟木的面孔。

——世津子……

心情一鬆解，就覺得眼眶發熱，但是他不能讓世津子察覺她已經去世了。

「因為妳一直說自己『老啦』、『老啦』……」

轟木說謊。

「我嗎？」

「既然這樣的話，那我就回到過去，看妳是不是真的老了。」

「因為這樣特地跑回來？」

「誰叫妳一直說：『老了、老了。』」

「哎？啊，這樣嗎？那對不起嘍……」

「沒啦，妳道歉也沒用啦。」

「啊，這樣喔。」

「真是的……」

兩人都笑起來。對世津子來說是家常便飯，但對轟木而言則是時隔五年的歡談。由香里凝望著他們倆。

「……所以呢？」

「啥？」

「你不是來看我老了沒有嗎？」

「啊，嗯。」

「怎樣？果然還是老了吧？」

世津子彎著腰把臉湊到轟木面前。

「好好看清楚喔。」

她說道。

「怎樣？」

「一點不老。」

「真的？」

「嗯。」

在轟木記憶裡的世津子就在這年的春天去世了，根本不可能老。

「太好了！」

世津子天真爛漫地笑著。

「那是幾年以後的我？」

「什麼？」

「說自己老了，是幾年以後？」

「五，五年以後。」

世津子雙手抱胸，嗯了一聲。

「……那就是說，阿健現在四十三歲了？」

「嗯。」

「阿健老了一點喔？」

「少囉唆。」

「啊哈哈哈。」

世津子幸福地笑起來。

這麼說來……

轟木成了深夜節目的固定班底，跟世津子求婚，是在今天之前的九天，十二月二十五日聖誕節。

「跟你的外表一點都不配，非常浪漫的求婚啊。」

世津子取笑他。

「少囉唆。」

轟木說著臉紅了。

世津子露出幸福的笑容。

「雖然我可以現在就可以給你答覆，但還是得跟爸爸媽媽報告阿健跟我求婚了，然後再回答你。所以就等到那時候，好嗎？」

之後她便立刻開始準備回去函館的機票。世津子在一月四日回到東京，便答應了轟木的求婚，也就是現在的次日。

「世津子妹妹……」

在不遠處望著兩個人的由香里，在世津子背後叫她。

世津子的笑容瞬間消失了。

「……我知道。」

世津子回答，咬住了下唇，然後呼出一口氣。

「你到底是來做什麼的？」

她笑著問轟木。

突然的問題讓轟木眨了眨眼。

「妳在說什麼啊？」

「什麼說什麼，裝傻是行不通的喔。」

「我裝什麼傻？」

「你是為了讓我驚喜才來的吧？」

世津子雙手抱胸，臉上掛著滿意的笑容，低頭望著轟木。

「咦？」

「怎麼，不對嗎？」

「啊，不是，妳說對了。」

他一直被世津子牽著鼻子走，她的表情充滿了對轟木瞭若指掌的自信。她一直都是這樣，轟木從來就無法反駁世津子。

「搞笑藝人大賽……」

轟木好像認命了似的，咕咕噥噥地說。

「哎？難道是？」

「……獲得優勝了。」

「哇————」

世津子的叫聲在店裡迴盪。

現在沒有其他客人，要是有的話，搞不好也會跟世津子一樣大叫起來。

「吵死了！」

「哇啊————」

「吵死了！」

「哇啊——」

「吵死了！」

世津子興奮地在店裡跑來跑去，轟木坐在位子上一動也不動。要是離開了座位，轟木就會被迫回到原來的時間點，轟木並不想回去。

世津子一直到跑累了，才在轟木對面坐下，她呼呼地喘著氣，直勾勾地望著轟木的面孔。

「怎麼啦？」

「恭喜。」

「……喔，喔。」

「我真的好高興，真的太幸福了。」

「太誇張了吧。」

「真的……」

「這樣啊。」

「嗯。」

轟木看著世津子比他求婚時更加高興的神情。

「太好了。」

——最後能夠見到她這麼高興的樣子，我沒有遺憾了。

他心想。

轟木回到過去之後，臉上第一次露出幸福的表情。

——這樣……

「我就可以安心死了。」

說這話的不是轟木，而是世津子。

——咦？

轟木不知道世津子在說什麼。知道世津子話中含意的，只有她自己，以及……

「世津子妹妹……」

不知何時已經眼中含淚的由香里。

「妳在說什麼啊？」

「我已經死了，不是嗎？」

轟木倒抽一口氣。

「要不然，阿健不會特地回到過去來見我吧？」

「不是的！」

「沒關係，不用騙我了。」

「我知道自己生病，已經活不久了。」

「世津子……」

「所以你跟我求婚，我雖然非常高興，但其實煩惱得不知該怎麼辦才好。我沒辦法跟爸媽商量，因為他們一定會很難過，我不忍心，所以我跟由香里小姐說了……」

轟木想起自己出現時兩人吃驚的表情。

那個時候，世津子已經做好了面對死亡的心理準備。

「謝謝你特地來跟我說，我非常高興。我真的，真的沒有這麼幸福過。」

「……………」

「好了，不要哭了……」

世津子說著，像哄小孩一樣伸手拭去轟木流下的淚水。

「咖啡要冷掉了喔。」

轟木拼命搖頭。

「怎麼啦？」

世津子望著他的眼神，好像看著自己的孩子。

「我不打算回去了。」

「為什麼？好不容易獲得搞笑藝人大賽優勝了啊，接下來工作會更多喔，得好好努力，要不然你幹嘛去東京啊？」

「因為有妳在……」

轟木低著頭喃喃道。

「因為想看見妳高興的樣子……」

他的眼淚滴滴答答地落在桌上，四十三歲的大男人聳動著肩膀哭泣。

他曾經無數次想過要放棄。

三十幾歲的時候，連像樣的報酬都賺不到，有時還跟周圍的同業起衝突。為了爭取工作，絞盡腦汁想點子，到處跟人低頭哈腰。自己無法出頭，但年輕的後輩卻一一上了電視。

不安與焦急的日子，支持他度過這些時日的是世津子。轟木只要神色黯淡，她總會笑著鼓勵他，然後他就會想起來……

——**我是為了要讓她開心才努力的。**

但，世津子已經不在了。

「我是因為有妳在才努力到現在……」

——所以已經不用了……

「我知道的。」

——咦？

「因為阿健最喜歡我了，不是嗎？」

世津子一如既往地吃吃笑起來。

「所以就算我死了，你也會繼續努力吧？」

「因為獲得搞笑藝人大賽優勝，是妳的夢想……」

「嗯。」

「所以，我為了贏得大賽，才活到現在。」

「從現在開始也要繼續努力喔？」

轟木搖頭。

「為什麼？」

「妳不在，我活著也沒意義了……」

簡直像是小孩子鬧脾氣。

但是世津子看著轟木，好像很高興似的笑起來，充滿了憐愛。

「我在啊。」

世津子說。

「我一直都在阿健身邊的。」

毫不遲疑的話語。

「就算我死了，只要阿健不忘記我，我就一直在阿健心中。我死了，阿健還能繼續努力，就是因為我還在阿健心裡，不是嗎？」

「在我的心裡……？」

「我就算死了，只要阿健繼續活躍，我就會很高興，覺得非常幸福。能讓死掉的我幸福的，只有阿健了。」

——讓死掉的妳幸福……？

「我用全部的人生愛著阿健。」

——我……

「我不會讓你說因為我死了，所以就結束了。」

——我以為死了就結束了。

「所以你要努力，嗯？」

轟木望著溫柔微笑的世津子，像小孩一樣哭得稀里嘩啦。

就算死了也並不結束……

這麼想來，世津子的這份心意他到底報答了多少？

十分之一，不，百分之一……

他無法說是自己人生的全部……

自己還想中途了結這段人生，他想了結跟世津子在一起的人生。

世津子讓他明白了，他也發現了……

要讓去世的世津子幸福，他就得付出自己人生全部的努力。

「我說，咖啡……」

世津子把面前的咖啡推向他。

咖啡馬上就要冷掉了吧。

轟木抬起滿是淚痕的臉，伸手拿起咖啡杯。

「明天，我會答應你求婚喔。本來覺得我會比你先走，不知道是不是應該答應。但我想說的話都已經說了，所以……」

「嗯嗯……」

世津子抬頭挺胸。

「在死掉之前都要讓我幸福喔，知道嗎？」

「我知道了。」

轟木回答後，把咖啡一飲而盡。

「……嗯」

世津子臉上流下一道淚痕。

轟木的視線模糊起來，周圍的景色從下往上迅速流動。

世津子抬頭望著轟木變成熱氣上升的身影。

是道別的時候了。

「到下輩子也不能忘了我喔。」

「下輩子……」

「我的愛情比怨念還深啊。」

「我知道了，知道了。」

「謝謝你來看我。」

「世津子……」

轟木的身影被天花板吸進去了。

「阿健！最喜歡你了！」

世津子聲嘶力竭地大喊著。

然後，店裡又恢復了寂靜。

轟木消失之後，黑衣的老紳士再度出現，他彷彿什麼事都沒有發生過似地，靜靜地看著書。

世津子凝視著黑衣老紳士，回想起剛剛認識轟木的事情。

那是升上小學五年級換班的時候，班上的男生突然叫她「世津子細菌」，便開始欺侮她。不管跟誰說話都沒人搭理，被世津子碰到的東西大家都嫌髒，甚至丟掉。她每天都非常辛苦，非常悲傷。

就在此時，轟木轉校到世津子班上來。他天生有逗人笑的本事，一下子就成了班上受歡迎的人物。

即便如此，世津子所受的霸凌並沒有停止。

「被那傢伙碰過的東西都有『細菌』，要小心喔。」

有個男生對轟木說。

世津子完全無法反抗，霸凌的圈子越來越大，只要有人成了犧牲品，大家就會朝有利的一邊靠攏。

轉學生也是一樣吧要是不從眾，就會被排擠，世津子心想。

然而，轟木不一樣。

「這麼可愛的細菌，搞不好可以治我的醜病喔。」

他笑著這麼說。

這並沒有讓大家停止欺侮世津子，但世津子的世界卻完全改變了。只有轟木對世津子懷抱著好意。別人說會染上細菌，要把東西丟掉什麼的，他就會說：「傳染給我好了。」「不要丟掉給我吧。」四兩化千斤，笑著緩和了氣氛。

不知不覺之間，世津子也對別人說她是細菌什麼的不再介意了。

轟木每次都會伸出援手，因此世津子喜歡上轟木，並沒有花多久的時間。

那個時候，兩人聽說了這間咖啡店的傳說，而來這裡玩，並在這裡碰到了不同班的林田。

這是世津子非常、非常重要的回憶。

「……由香里小姐。」

世津子對站在背後的由香里說。

「嗯？」

「我會努力的。」

世津子抽咽著說。

「我……」

「妳很努力了。」

「……」

「妳真的很努力了喔。」

「……嗯。」

窗外的雪花紛飛飄落。

無聲地，靜靜飄落……

打上燈光的紅葉，簡直像是火焰一般鮮紅。

玲司聽到林田說轟木不打算回來，臉色蒼白。

「我沒有想到轟木先生回到過去就不想回來了，真是抱歉。」

玲司知道道歉也沒有用，但他還是不得不表示歉意。

「不，是我不好，我沒把話說清楚……」

從玲司蒼白的臉色就能看出他受到多麼嚴重的打擊，林田也後悔自己沒有把話說清楚，他無法繼續責怪別人。

小幸擔心地抬頭望著玲司的面孔。

「沒事的。」

數在沈重的氣氛中開口說道，溫柔地將想法告訴了玲司。

「從白天的事情看來，我知道林田先生來這裡，是不想讓轟木先生回到過去；也知道轟木先生回到過去，不打算回來。」

「咦？」

玲司聽到數的話，不由得發出驚呼。

她猜到了轟木不打算回來？

「那為什麼還讓他去！」

林田不由得大聲起來。

然而，數仍舊很冷靜，她平靜地望著林田的眼睛。

「那容我請問……」

她開口說。

「那位世津子小姐，也熟知這裡的規矩吧？」

「那當然……」

「這樣的話，那邊的世津子小姐，會眼睜睜地看著所愛的人出現在這個位子上，等待咖啡冷掉嗎？」

「那，那是……」

世津子不可能眼睜睜地看著轟木這樣。

——但，要是有個萬一呢？要是轟木使出故意打翻咖啡之類的強硬手段，那會怎樣就很難說了。

「但是……」

「沒問題的。您看……」

數說著，望向那個位子。

一道熱氣裊裊升起，就像落在水槽裡的一滴顏料般，慢慢在座位上擴散，變成人形，那個人變成了轟木。

「阿健！」

林田叫出聲來，轟木不理他。

「混帳東西，聲音也太大了吧。」

他肩膀抽搐著吐出一句話。

過了一會兒，老紳士回來了。

「不好意思，這是我的位子……」

老紳士站在轟木面前，非常禮貌地說。

「對不起……」

轟木抽了抽鼻子，慌忙站起來。

老紳士露出滿意的笑容，悄無聲息地滑進桌椅中間。

「……阿健，」

林田再度叫他。

「我回來啦。」

轟木不好意思地喃喃道。

「嗯。」

林田回道。

「說不能因為死了就結束。」

不用講明也知道是誰說的，是世津子。

「……這樣啊。」

——不愧是世津子。

林田臉上的表情放鬆了。真是厲害，轟木的確是會這麼想的。

「所以你把我剛才發的簡訊刪掉吧。」

轟木轉開視線不看林田，他有點不好意思地說。

「真是任性的傢伙。」

「抱歉啦。」

之後兩人為自己引起的各種騷動道歉。

「等由香里小姐回來，請代我們問候。」

他們這麼說完便離開了。

要不了多久，砰隆咚隆就會再度活躍起來吧。

數若無其事地將關店準備交給流和玲司，自己和小幸下樓去準備晚飯。因為讓轟木回到過去而臉色蒼白的玲司，也恢復了正常。

「數小姐什麼都看透了呢。」

玲司一面收拾，一面回憶剛才發生的事，嘆了一口氣。

夏末的時候，數也從那張照片中看穿了回到過去的彌生的心情。數來這家咖啡店不過幾個月，玲司就已經對她的洞察力深感佩服。

然而，流卻心不在焉地沒有什麼反應，甚至連手上的工作都停了下來，玲司覺得有點不對勁。

「怎麼啦？」

他窺伺流的臉色。

流回過神，振作起來轉向玲司。

「我一直在想……」

他彷彿自言自語般地說。

「想什麼？」

玲司把頭傾向一邊。

「我在想，我並不想去見她的理由……」

那是今天傍晚時玲司問流的問題。

——時隔十四年，您不想再見到夫人嗎？

發問的玲司在某個方面來說，以為這個話題已經結束了，然而，流卻一直在思索自己的答案。

「剛才轟木先生不是說了嗎？」

「咦？說什麼？」

「說不能因為死了就結束。」

「啊，嗯，對。」

「我也是，我不覺得死了就結束了。」

流喃喃道，咀嚼著這句話。

「她一直都在我心裡，一直都跟我們在一起……」

他又繼續說道。

我們，一定是指流跟他的女兒美紀。

咚、咚、咚——

老爺鐘在此時報時，晚上六點。

玲司不知道該怎麼回應流的話，鐘聲彷彿表達了玲司的心情。

「真不好意思。」

鐘聲停止後，流把細小的眼睛瞇得更細說道。

「就是啊。」

「你就當沒聽到吧。」

「我知道了。」

流和玲司繼續收拾著店裡。

火焰般的紅葉沙沙作響，彷彿正監督他們工作似的。

第三話　【對不起】

咖啡店就暫時麻煩你們了。

由香里留下這封信給時田流，就到美國去了，她要跟造訪這家店的少年一起去尋找少年的父親。

由香里喜歡照顧別人，看見人家有困難就無法置之不理。數年前，來函館觀光的沖繩女性偶爾來到這家咖啡店，得知這裡可以回到過去，她表示想回到過去，跟小時候突然轉校的好朋友見面。理由是，她一直很後悔在朋友轉校前跟對方吵了一架，還害人家受傷了。

然而，她不知道這家咖啡店的規矩——無法見到沒有來過這家咖啡店的人，而且不能離開座位，還得在咖啡冷掉之前喝完的時間限制。當她聽完規矩之後，非常地沮喪。

這麼多年來，她一定一直後悔苦惱著。而由香里最聽不得這樣的故事，因此她詢問了這位女士的聯絡方式，後來還去了沖繩好幾次，且動用了各種關係，協助找尋那位女士的舊友。

由香里使用的方法，就是利用社交網路。不過，她自己對於社交網路並不熟悉，但位於東京同樣能回到過去的咖啡店「纜車之行」裡，有在世界知名遊戲公司上班的賀田多五郎，和系統工程師舊姓清川的二美子。二美子曾經有回到過去的經歷，因此由香里請他們兩人幫忙想辦法利用社交網路尋人。

其中一個方案，就是與沖繩當地活躍的女性專用YouTube投稿頻道「哈囉斷定團」合作，她們的影片全國收視者超過一百萬人，遍佈各年齡層。藉由尋人影片的呼籲，終於找到她下落不明的舊友就住在廣島，讓她們時隔十多年再度重逢。

雖然是因為家庭的關係轉學，但她的舊友也後悔吵架之後就這樣分開了，而且她擔心自己什麼話都沒說就轉學，會讓留在沖繩的朋友生氣，所以便一直沒主動聯絡。

人心隔肚皮，不管如何為對方著想，也無法任意揣測對方的心情。

就算自己看起來像是多管閒事，由香里的個性還是會先採取行動再說。就算對方說：「這是添麻煩。」但人家到底是不是真的覺得麻煩也很難說。

由香里心中有「三顧茅廬」的規矩，要是對方拒絕三次，她才會放棄。也就是說，要是沒有拒絕三次，那就不算是「添麻煩」了。

美國來的少年也不例外。只不過這回不是用沖繩那次的尋人方式，而是不斷地探查少年失蹤父親的下落，然後決定親自前往當地。

所以「暫時」到底是多久，只有由香里本人才知道。

由香里寄來了明信片——

暫時還回不來。

「就這樣？」

「對。」

村岡沙紀叫了起來。她從醫院下班，換了衣服，望著流手中的明信片。

流面無表情地回答。

「從某方面看來，還真是厲害……該怎麼說呢……」

由香里的不負責任，反而讓與不相干的外人沙紀驚愕。

「這就是由香里小姐的作風吧。」

小野玲司平靜地回答。

事實上，玲司長年在這家咖啡店打工，要說被由香里的任性耍得團團轉，他可比流慘多了，因此他口吻像是早已習以為常。

現在是下午五點，店裡除了沙紀之外，只有另外一對客人和布川麗子。麗子的妹妹只有在繁忙期才來這家店打工，而麗子是那個時候的常客。

「醫生……」

玲司小聲叫沙紀。

「什麼？」

「今天為什麼特地帶麗子小姐過來？」

「嗯？」

「雪華小姐已經……」

玲司沒有把話說完，含糊地放低了聲音。

麗子的妹妹雪華四個月前發現得了絕症，已經去世了。她患的病是玲司他們都沒有聽過的，而且得病的原因不明，日本也很少有這樣的病例，更沒有具體的治療方法。

麗子深受打擊，之後便開始失眠，常常會到這家咖啡店來找已經去世的雪華。玲司在打工的時候，看見過麗子好幾次。雪華還活著的時候，麗子總是笑口常開，是個好姐姐，然而，現在的麗子完全看不出當時的樣子。

把這樣的麗子帶來，應該對她沒有任何幫助。玲司工作時看見麗子的模樣，總覺得坐立不安，因為現在的麗子看起來，就是如此讓人心痛。

「今天有點事啦。」

沙紀僅如此說道。

窗外天色已暗，打光的紅葉閃閃發亮。

沙紀坐著的櫃臺座位旁邊，是正在閱讀《一百個問題》的時田幸。小幸非常喜歡這本《一百個問題》，只要有時間就拿著書到處問問題。

剛才流和沙紀講起由香里寄來的明信片時，打斷了她的詢問。

喀啦哐噹。

「大家好。」

走進來的是松原菜菜子。

「啊，菜菜子姐姐！」

小幸兩眼發光，因為能問問題的對象增加了，讓她非常高興。

「歡迎光臨。」

流回應說。

「小幸，妳好。」

菜菜子說著，在小幸旁邊的櫃臺座位坐下，她和沙紀把小幸夾在中間。

「冰淇淋蘇打。」

菜菜子點了餐。

「知道了。」

流說著走進廚房。

菜菜子與玲司是青梅竹馬，是函館大學的學生。玲司也跟菜菜子上同一所大學，只是最近都沒去上課，幾乎每天都來咖啡店打工。因為他想去東京出道當搞笑藝人，正努力打工籌措資金。

菜菜子在課餘時間參加了管樂社團，結束之後通常都會到這裡來。

玲司看見菜菜子，「嗯」了一聲，咕噥著皺起眉頭。

「……怎麼啦？」

菜菜子困惑地問道。

「沒有，妳看起來……跟平常不太一樣？」

玲司說著，盯著她的臉看。

「有什麼不一樣？」

「不知道。」

「什麼啊？」

「就感覺氛圍跟平常不一樣啊……」

玲司覺得菜菜子看起來跟平時的她不一樣，卻說不出所以然。

「到底怎麼了？」

玲司又再次問道。

「你在說什麼啦？」

菜菜子反問。

菜菜子跟平常不一樣，讓玲司心中騷動不安，他卻對自己的騷動感到困惑，也不明白這是怎麼回事。

話雖如此，不知道菜菜子哪裡不同的，只有身為男性的玲司。

「口紅吧。」

沙紀只簡單地一語道破。
「顏色跟平常不一樣。」
就連七歲的小幸也如此說。
「啊……」
玲司不由得叫起來。
沙紀仔細觀察菜菜子的面孔。
「新商品？」
她把頭傾向一邊。
「嗯，算是吧。」
菜菜子並非平時不化妝，但是女性只要改變口紅的顏色，整體給人的印象就可能完全不同，而玲司看不出這種改變的具體原因。
「我只覺得跟平常不一樣，原來是口紅啊……」
玲司知道剛才的感覺是因為口紅的顏色，心裡鬆了一口氣，但對於自己為什麼覺得心動，仍舊摸不著頭腦。

「很可愛啊。」

「是嗎？」

菜菜子被沙紀稱讚，好像很高興似的笑起來。

「有喜歡的人了嗎？」

玲司從櫃臺後探出身來。

「介意嗎？」

「是不介意，但是有些好奇。」

「什麼意思啊？」

「妳跟怎樣的男人交往是妳的自由，而我對於是怎樣的人很好奇。」

「這不是一樣的嗎？」

聽不懂他是什麼意思，菜菜子把頭傾向吐槽道。

「不一樣吧？」

「哪裡不一樣？」

「完全都不一樣。決定跟怎樣的男人交往是妳的自由，但我想知道妳選的男人是什麼個性？覺得妳哪裡好？」

「所以不就是一樣嗎？」

「有點不一樣吧？」

「搞不懂。」

「不懂就不懂。」

兩人就這樣你來我往。

小幸呆呆地望著他們。

「喔，現在到哪個問題啦？」

菜菜子看見小幸手上拿著的《一百個問題》，巧妙地轉換了話題。

「第八十六題。」

小幸很高興地回答。

這和自己一個人默默看書不一樣，能跟菜菜子和沙紀互動，讓她很開心。當然不是每一天都能這樣，一天頂多問兩三個問題，從第一個問題開始，已經過了兩個月了。

「啊，只剩幾個問題了吧？」

「嗯，還剩一點。」

「要繼續嗎？」

「嗯。」

若是一般書的話，小幸一天能看三本，然而，像這樣一本書跟菜菜子他們一起慢慢看的過程，對她來說既新鮮又有趣。

玲司斜眼望著她們，噘起嘴走進廚房。

「來，久等了。」

流從廚房裡出來，把冰淇淋蘇打放在菜菜子面前。鮮豔的翡翠色汽水上放著流用精選鮮奶油、雞蛋和紅糖製作的手工冰淇淋。

「謝謝。」

菜菜子雙眼閃閃發光，拿起吸管，她非常喜歡流做的冰淇淋蘇打。

「如果明天就是世界末日的話？一百個問題。」

菜菜子享用冰淇淋蘇打時，小幸繼續提問。

「嗯。」

菜菜子望向小幸回應。

「第八十七題。現在你有一個剛滿十歲的孩子。」

小幸認真地繼續說。

「又是為難的問題了。」

沙紀說道，她苦惱地皺著眉頭。

「十歲啊……」

菜菜子說，小幸點頭回應。

「不上不下的年齡呢。」

菜菜子所謂的「不上不下」，是指雖然是小孩，卻能理解大人說話的年齡。現在這個時代，十歲的孩子也懂得使用電腦，搜尋網路資訊，不會輕易被哄騙。

「說吧。」

菜菜子催促小幸繼續說下去。

如果明天就是世界末日的話？一百個問題。

第八十七題：

你現在有一個剛滿十歲的孩子。

要是明天就是世界末日的話，您會採取什麼行動呢？

①就算解釋孩子也不懂，所以什麼都不說。

②要是不說實話會覺得內疚，所以還是說了。

「①。」

菜菜子一聽完問題，立刻毫不猶豫地回答。

「不說嗎？」

沙紀反問。

「只有十歲不是嗎？我不會說的。說了只是讓孩子害怕而已。」

「原來如此。」

「醫生會說嗎？」

「嗯——，已經十歲了啊？」

沙紀望著天花板，沈吟了一會兒。

「……不說吧。」

她喃喃自語般地說道。

「就是啊。」

「那，要是菜菜子妳十歲呢？」

「我嗎？」

「妳想知道嗎？還是不想知道？」

「唔——」

這次輪到菜菜子仰頭望著天花板，小幸眼神閃亮地望著她們倆討論。

「我可能想知道。」

「這是不是有點矛盾？」

「我自己想知道，但是不想讓我的孩子知道。」

「自己難過沒關係，卻不想看到自己的孩子難過吧？」

「……原來如此。」

確實有點矛盾，但這個回答很有說服力，沙紀頗有同感地用力點頭。

「流舅舅呢？」

「嗯。我選②吧。」

「為什麼？」

「我不想覺得內疚，而且也瞞不住。」
「流先生不善於說謊吧？」
聽到流回答小幸的問題，菜菜子說道。
「要是人家問說你是不是在隱瞞什麼？一定就會全部說出來吧？」
沙紀也追加了一句。
「對。」
流抓了抓腦袋。
坐在窗邊桌位的麗子心不在焉地望著他們。

咚——咚——

下午五點半，老爺鐘報時。
就像某種信號一樣，坐在窗邊的男女客人站了起來，玲司跑回收銀台處。
吧嗒吧嗒的腳步聲從樓下傳來，時田數上樓了，流和小幸他們就住在樓下。

「小幸。」

數說道。

「什麼？」

「吃晚飯了。」

「知道了。」

小幸啪噠一聲把《一百個問題》闔上。

「那就下次繼續玩嘍。」

菜菜子說。

「嗯。」

小幸回應，便把書留在櫃臺上，自己下樓去了。

數瞥了流一眼，也跟著小幸下去。

她的意思是，接下來就拜託了。

喀啦哐噹。

男女客人結完帳離開了咖啡店，店裡除了菜菜子跟沙紀之外，只剩下麗子一個客人。

「啊……對了。」

玲司突然開口。

「沙紀小姐，我下次參加甄選的新段子，能不能幫我看看，給我一點意見好嗎？」

玲司問道。

他偶爾會讓交情好的常客看自己表演的段子，夢想是通過大型演藝公司的甄選，當搞笑藝人。

他得知不久之前在電視上活躍的搞笑兩人組，砰隆咚隆的轟木和林田都是函館出身，而且還是這家咖啡店的常客，突然之間就有了幹勁。

對於懷抱夢想的青年充滿幹勁的表演，沙紀的反應是——

「不好玩。」

她直接了當地說。

「完全笑不出來，好遜的點子。節奏很差，根本不知道該在哪裡發笑。我就直說了，你根本不適合當諧星，還是放棄比較好。」

她繼續說道，完全毫不留情的批評。

「沙、沙紀小姐，這樣說是不是有點過份……」

流擔心玲司會受傷，想緩和氣氛，沒想到玲司卻很爽快。

「才不是這樣呢！」

他開朗地笑著反駁，一點也不氣餒。不管別人說什麼，玲司都是充滿自信、懷抱夢想的青年。

「我是好心才跟你說的，真的到無法回頭的地步，後悔就來不及了喔。」

「沒問題的，我不會後悔的。」

白費功夫！毫不在乎啊……沙紀嘆了一口氣。

「我幫你看看吧？」

菜菜子插進來說。

「不要。」

「為什麼？」

「妳的意見沒有參考價值。」

玲司覺得他們是青梅竹馬，擔心菜菜子會戴著粉紅色的眼鏡看他。

「我的意見可是絕對值得你參考。」

沙紀趁機補上一刀，但玲司充耳不聞。

「好！」

他鼓起幹勁，慢慢地走進廚房。廚房裡面有員工專用的置物櫃，他應該是要到那裡去吧。

「玲司？」

流探頭進廚房。

「？」

菜菜子和流交換了視線，把頭傾向一邊。

過了一會兒，玲司拿著寫著段子的筆記本和一個大包包，從廚房裡走出來。

「流先生，之後可以拜託您嗎？」

「哎？啊，好啊……」

現在這個時期，營業時間到下午六點，剛才鐘響五點半了，就算有客人進來，也已經過了最後點單的時間。因此所謂的「之後」，指的應該是關店的收拾工作而已。

「你要去哪裡？」

菜菜子問還沒下班就打算閃人的玲司。

「到外面去現場演出。」

「現在這個時候？外面天黑了喔。」

「金森廳的前面有快樂小丑漢堡店，觀光客一定還很多。」

金森廳在函館觀光景點灣區的中心位置，位於紅磚倉庫的一角，多半用來舉行音樂會，但也會舉行其他活動和舞台演出，而金森廳周圍還有其他紅磚建造的購物中心和餐廳。正如玲司所說，現在這個時間金森廳前面會打燈，也還有行人。

只不過天氣讓人擔心，不久之前聽到遠處傳來雷鳴。

不過，現在的玲司是風雨無阻。

「我走啦！」

玲司興奮難抑，一下子就走了出去。

喀啦哐噹。

「玲司！」

根本來不及叫住他。

「他走啦。」

沙紀撐著臉蛋喃喃道。

——年輕真好。

她微笑思忖著。

「對不起。」

菜菜子代替放棄關店工作的玲司向流道歉。

「啊，沒關係、沒關係，而且今天……」

流微笑著說道，偷瞥了麗子一眼，和沙紀交換了一個眼色。

沙紀看手錶確認時間。

「說的也是。」

她咕噥道。

菜菜子看著入口晃動的門扉。

「他不放棄夢想的本事，倒是高人一等啊……」

她嘆著氣說。

——但妳就是喜歡這樣的玲司吧？

沙紀望著菜菜子，忍著沒說出這句話，只帶著微笑凝視菜菜子的面孔。

「怎麼啦？」

「沒什麼……」

沙紀說著，拿起小幸剛才放下的《一百個問題》。她並不是想繼續問答，只不過要是不找點事做，好像就要說錯話似的。

菜菜子和沙紀之間的氣氛開始有點詭異。就在此時——

「多少錢？」

麗子突然站起來。

「哎？啊，咦？」

流明顯地露出慌亂的樣子。

馬上就要關店了，麗子想離開完全不奇怪，但是流不知道為什麼驚慌地手足無措。

「要，要再來一杯嗎？」

他前言不搭後語地說。

「不用了，買單……」

麗子靜靜地說道，伸手拿帳單。

「哎？但是，不是剛剛才來嗎？」

流這話說的也不對。麗子今天是沙紀帶來的，但已經快要一小時了，來店時點的紅茶也已經喝完，麗子沒有理由留下來。

只不過，麗子似乎也不是想離開，她默默地望著咖啡店的入口。

「雪華……也沒來……」

她用幾乎聽不到的聲音喃喃道。

「啊，但是，」

流的額頭上滲出汗珠，他顯然著急了。

「妳在等雪華嗎？」

沙紀插嘴問道，她的聲音溫和而平靜，不反駁麗子說的話。

「嗯。」

麗子動也不動地回答。

「那孩子答應要帶男朋友來給我看……」

「這樣啊？真是期待呢。」

「但是我可能搞錯日期了……」

麗子的臉色消沉了下來。

說什麼搞錯，麗子的妹妹雪華三個月前就去世了，麗子在等待永遠也不會來的妹妹。而且不是今天才這樣，麗子不時會來這間咖啡店，然後說著同樣的話。

沙紀當然也知道雪華已經去世了，雪華住院的時候，她是心理輔導醫生。

即便如此，沙紀也不糾正她。

「那就再等一會兒吧，可能她跟男朋友碰面遲了。」

麗子茫然的眼神裡有了一絲生氣。

「反正妳也沒有其他的事吧？」

「是沒有。」

「既然這樣……」

麗子再度望向咖啡店入口。

「我請妳喝咖啡。」

沙紀說著望向流。

「啊，好。」

流急忙走進廚房。

「……那我就再等一會兒。」

麗子說著，慢慢回到座位上。

「妳終於下定決心，太好了！」

雪華不顧自己正在打工，在店裡大聲叫起來。

「噓——妳聲音太大了。」

坐在櫃臺位子的麗子介意其他客人的視線，畏縮了一下。

一到觀光季節，雪華就會來這裡打工，有時候整天都客滿，光是由香里跟玲司兩人真的忙不過來，偶爾菜菜子也會幫忙。

現在是雪華住院前幾個星期，剛好是黃金週假期中間，五稜郭和函館公園都正在舉行櫻花祭典，這家咖啡店總是高朋滿座。

只不過這個時候剛好午餐高峰時間結束，店裡稍微平靜了一點，雖然不是很空閒，但已經可以跟光顧咖啡店的姐姐麗子聊天了。

「終於啊——」

雪華在她旁邊坐下，高興地望著麗子的面孔。

「什麼終於……」

「妳也站在守先生的立場想想。」

雪華把麗子連人帶椅轉向自己，開始說教。

「我不知道妳有什麼不滿，但在人家求婚之後，半年都不回答，這也太過份了吧？」

「我要考慮啊。」

「考慮什麼？」

「……考慮就是考慮。」

麗子跟雪華姐妹兩人相依為命，雙親在她們小時候就去世了，她們住在函館的親戚家，麗子開始工作之後，兩人就租了公寓一起住。所以麗子說的「考慮」，應該就是留下妹妹一個人，自己先結婚的躊躇吧。

「什麼啊？」

「有什麼關係，又沒防礙到妳？」

「哈！」

「怎樣？」

「我可是在等姐姐先嫁出去喔。」

「咦？妳有男朋友了？」

「當然有啊。」

對麗子而言，雪華有男朋友的事實不啻晴天霹靂，她一直以為妹妹是孩子。不對，可能是她希望妹妹一直是孩子。

「幹嘛啊，這麼意外的樣子。」

——**妳把我當小孩吧。**

雪華噘起嘴來思忖著。

「啊，不是啦……哎？妳要結婚？」

「如果有人跟我求婚的話……」

雪華意味深長地摸著下巴。

「所以還沒跟妳求婚囉？」

「求婚是還沒。」

「哎——」

雖然感覺有點寂寞，但麗子心裡鬆了一口氣，自己結婚留下妹妹一人讓她感到內疚。但只要雪華幸福就好，她一直希望妹妹能有重要的伴侶，而雪華一定也是這麼想的。

「啊——太好了！這樣要是他求婚的話，我就可以立刻答應。」

雪華裝出好像姐姐不嫁自己就不能先嫁的樣子，刻意在麗子面前伸了一個大懶腰。

但是，麗子無視雪華的裝模作樣。

「要先介紹給我認識喔。」

這次她把雪華連人帶椅轉向自己。

「不要。」
「什麼？」
「絕對不要。」
「不介紹給我認識，不能結婚喔。」
「為什麼？」
「什麼為什麼……當然是這樣的啊，我們家就只有你我姐妹兩個人。」
「是這樣沒錯，但沒必要一定要姐姐同意啊？」
「一定要。」
「不必要。」
「要介紹。」
「不要。」
「所以為什麼啊？」
「沒有為什麼。」

這種你來我往其實很開心。

「怎麼，是渣男嗎？」

「不是。」

「無業遊民嗎？」

「我知道了，是3B吧？」

「那是什麼？」

「雖然很受歡迎，但是交往起來會很辛苦的酒保Bartender、美容師Beautician跟樂手Bandman。」

「不是。」

「那就是3S！」

「3S？」

「整體治療師、消防員、運動選手？」

「那只是隨便湊三個拼音S開頭的職業吧。」

「快告訴我！」

「不要。」

「是搞劇團的嗎？」

「饒了我吧……」

「打算當諧星？」

「絕對不要！」

「我聽得到喔？」

玲司聽著兩人的對話，在後面插嘴說。這裡就有一個打算當諧星的男子。

「介紹、介紹、介紹、介紹！」

「好啦！好啦！下次、下次啦！」

「什麼時候？」

「不知道什麼時候，下次……」

「絕對喔！說好了喔！」

「好好。」

「那就，」

麗子伸出小指，雪華皺起眉頭。

「當然要勾小指啊。」

「不用這樣吧……」

「好了，快點。」

雪華不情不願地伸出手指，勾住麗子的小指。

「小指勾勾、反悔……」

「姐、姐姐，妳聲音太大了！」

「割舌頭！」

她們打勾勾的那一天……

妹妹還活著……

像美夢一樣，幸福的時光……

那個雪華已經不在了。

留下了兩人的約定死了。住院之後一個月，轉眼之間，實在太快，太突然的別離。

雪華的死徹底顛覆了麗子的人生。

雪華去世之後，麗子就得了睡眠障礙，每天都睡不著，白天也像作夢一樣精神恍惚，漸漸分不清夢境和現實的區別。

雖然沒有睡覺，卻做了那一天在這家店裡和雪華約好的夢……

那是白日夢。她的症狀十分嚴重，成了精神官能症，必須接受沙紀的輔導治療。

麗子和守先生讓雪華大喜過望的婚事，也被麗子單方面拒絕了。

因為，麗子失去了重要的妹妹，

——不能只有自己得到幸福。

她有嚴重的心結，睡眠障礙不治療會越來越嚴重，衰弱、意識不清、無法做出正確的判斷。

——自己得跟妹妹一樣不幸才行。

她這樣鑽進牛角尖，沙紀覺得她甚至可能會自殺。

對麗子而言，雪華就是這麼重要的存在，是她的全部。不管誰說什麼，都沒有辦法拯救現在的麗子……

啪嚓——，

「啊。」

菜菜子不由自主地叫了一聲。

店裡一瞬間白光一閃，幾秒後——

轟隆隆隆——

雷聲傳來。

「很近啊。」
流說道，窗外傳來沙沙的雨聲。
「玲司沒事吧？」
他出去的時候沒有帶傘，這樣看來，就算能暫時找地方避雨，回來的時候要是沒傘，一定會濕透吧。
十月已經結束了，現在的雨十分冰冷。
「……真是沒辦法。」
菜菜子說著，從櫃臺位子上下來。
「那把傘可以借我嗎？」
她指向傘架。
「啊，好啊。」
流回答。
菜菜子知道這家店裡有由香里買來放置的愛心傘，她打算去接玲司。

「路上小心。」

外面天色已暗，剛才落雷也很近，流提醒她要小心雷擊。

「好。」

菜菜子雖然發出嫌麻煩的嘆息，但動作卻很快，簡直像是要找理由追上玲司似的，從傘架拿了兩把傘，很快離開了店裡。

喀啦哐噹。

菜菜子一離開，店裡就籠罩在寂靜之中，只聽得到窗外的雨聲和老爺鐘走動的滴嗒聲。

流跟沙紀望著老爺鐘，交換了眼神。

時間是晚上六點四十五分。

「今天一定能見到雪華妹妹的……」

沙紀對麗子這麼說。

就在這時，窗外再度亮起閃電。

啪嚓——

店裡的燈熄了。

「啊……」

停電了。

過了一會兒，響起巨大的雷聲。

停電的時間可能幾分鐘也可能幾小時，看落雷的地點而定。

「停電了啊……」

「好黑喔。」

流跟沙紀在黑暗中平靜地對話，並不慌張，彷彿正在等待停電一樣。

周圍突然變暗，眼睛還沒有習慣，看不見彼此的身影，只不過憑著衣服摩擦和鞋子的聲音知道除了自己以外，還有其他人在場。

突然間，感覺到多了一個人。嚴格來說，是出現了一個人。

並不是菜菜子回來了，那種感覺是從黑衣老紳士坐著的位子傳來的。

老紳士並不會散發出人類的感覺，他去洗手間時，站起來都沒有聲音，走路也沒有腳步聲。因為老紳士是幽靈。

現在老紳士所在的那個位子，明顯有了人類的動靜。

有人從過去，或者是未來到這裡來了。

「……姐姐。」

「咦？」

麗子聽到那個聲音，慌忙轉過頭去。

這個時候，燈突然亮了。

「電來了。」

流小聲地說。

「姐姐。」

麗子的視線緊盯在出聲的人身上。

「雪華……？」

出現在那個位子上的，是麗子已經去世的妹妹雪華。跟臉色蒼白的麗子比起來，雪華臉色開朗，背脊挺得直直的，望著麗子的眼神裡充滿了生氣。

「是……雪華嗎？」

麗子說著慢慢站起來，她的聲音發抖。

「是我。」

雪華的聲音很輕快，兩人之間的情緒差異很大。

出現在麗子面前的妹妹，跟白日夢裡的妹妹一樣，天真直率。

「等很久了嗎？抱歉，我遲到了……」

雪華吐了吐舌頭，不好意思地說道，她的口吻簡直像是那一天的持續。

「姐姐？」

「真的是，雪華嗎？」

「怎麼啦？一副嚇呆的樣子。」

雪華露出不可思議的表情，把頭歪向一邊望著麗子。

——這是，作夢？

麗子腦中一片混亂，說不出話來。

「姐姐？」

雪華擔心地說。

「是，是嗎？」

麗子急忙回道。她擠出笑容，可能不太自然也說不定。

但是雪華不顧麗子困惑的樣子。

「哇，外面好漂亮！紅葉好美！」

她看見窗外打光的紅葉，興奮地叫起來，那無憂無慮的樣子，就跟生前的雪華一模一樣。

「很漂亮吧？」

「是，是啊。」

麗子勉強回答。她腦中一片混亂，無法理解妹妹為什麼突然出現在這裡。

「妳怎麼好像心不在焉啊。」

雪華噘起嘴說道。

「沒，沒有吧？」

麗子盡力平靜下來，走到雪華旁邊。

走到觸手可及的距離。

「……姐姐？」

雪華望著麗子的面孔。

「怎麼啦？」

「妳臉色很差喔！妳還好嗎？」

「是，是嗎？」

「嗯。」

「因為這裡光線不好吧？」

「這樣啊。」

一切都沒有改變。

跟那一天一模一樣的妹妹。

開朗隨和，有魅力和親和力。

而且又溫柔，關心別人，總是掛著笑容的妹妹。

麗子望著她，終於明白了一件事。

——這個孩子，是從過去來的。

為什麼？理由她並不知道，從雪華的表情什麼也看不出來。

雪華拿起咖啡杯，喝了一口。

「好苦……」

她皺著臉伸出舌頭。

但無論是什麼理由，已經去世的妹妹就在自己面前，因為咖啡很苦而皺起臉，連這種小動作都令人心疼。

她以為再也見不到了……

雪華轉向流。

「那個……」

她舉起手。

「什麼？」

流回應道。

「有牛奶嗎？」

「啊，不好意思，馬上來。」

流說著走進廚房。

——雪華確實已經死了……

麗子思索著。這個念頭將麗子從睡眠不足、疲勞混亂的幻夢世界裡，一口氣拉回現實。

——雖然已經死了……

她不願意相信，也不願意承認。

自暴自棄的大人會沈溺於酒鄉，麗子則睡不著，想逃避痛苦的現實，藉由虐待自己來混淆失去妹妹的心痛。

但是現在出現在她面前的雪華不是幻夢，這點她十分清楚，因為她不可能認不出自己的妹妹。

失去了妹妹，因痛苦而混濁的意識終於清醒過來。

——難道是……

麗子想到了一個假設。

雪華跟生前一模一樣。也就是說，雪華，

——不知道自己已經死了。

應該是這樣的吧？

這個想法十分合理。沒有人知道未來的事情，要是現在是住院之前的雪華，那她可能還不知道自己生病住院，終究病死的事實。

「請用。」

流拿著牛奶壺回來了。

「喔……」

雪華沒有看牛奶壺一眼，反而睜大了眼睛看著站在眼前的流。

雪華在流他們來函館之前就去世了，這是他們第一次見面。身高兩公尺的流低頭看著雪華，她難掩興奮之情。

「啊，謝謝。」

雪華低頭道謝，亮晶晶的眼中充滿了好奇，因為她第一次見到這麼高大的男人。

麗子看著雪華一如既往直率的反應，心中確定了。

——**這個孩子，不知道自己已經死了。**

要是知道自己要死了，怎麼可能這麼開朗。

——那麼，雪華為什麼從過去到這裡來呢……？

麗子腦中留有疑問。

——不能讓雪華知道自己已經死了。

雖然不明白，但有一點麗子很清楚。

喀喳——，開關打開的聲音。

——我也要跟雪華一樣，表現出以前的姐姐的樣子。

麗子有了自覺，眼中重新燃起了生氣。

「雪華。」

「嗯？什麼？」

雪華在咖啡裡加了糖跟牛奶攪拌。

「妳的男朋友呢？」

繼續那天的話題。嗯，這樣很自然……

「哎？啊、喔……」
雪華眼睛骨碌碌地轉動，拖長了語調。
「這種反應……」
這是雪華想掩飾時的習慣。
「妳不會跟人家分手了吧？」
「妳怎麼知道？」
「我知道！」
——從過去到這裡來，就是要說這個嗎？但是，這樣的話不用特地到未來來的啊？
雪華不知道麗子心中的思緒，聳聳肩膀。
「姐姐真厲害。」
她扮了個鬼臉。
「什麼啊？害我好期待的說。」

——不是嗎？

「那種人，無所謂啦。」

「不能隨便分手啊。」

「不是隨便。」

雪華鼓起面頰。

麗子還是不明白雪華為什麼到這裡來，但是……

——就這樣跟她閒扯淡，竟然這麼、這麼地幸福……

這時她才明白，對雪華而言也是如此……

——這個孩子，要是知道我和守先生分手了，一定會難過的。就像我希望她幸福一樣……我若跟守先生結婚，最高興的就是這個孩子了……

「是這樣嗎……」

麗子說著，也鼓起面頰。這是她們姐妹從小到大的拌嘴方式。

但是，已經無法回到過去了……

——對不起，對不起，我和守先生已經……

麗子慢慢閉起眼睛，忍住眼淚。

雪華必須在咖啡冷掉之前回到過去。

這家咖啡店的規矩，麗子也很清楚。

——這樣的話，一直到分離的時候，都要像她的姐姐，不能讓這個孩子，不能讓雪華擔心。就算說謊也要撐下去……

麗子緊緊握住拳頭，靜靜地深呼吸，不想讓雪華察覺。

慢慢地吐氣。

「我和妳不一樣，跟守先生相處得很好……」

——沒問題，我可以瞞過去的……

「真的嗎？」

——不能讓她知道。

「真的喔，我們下個月要結婚了，妳也……」

——不能讓她知道……

「妳也要來參加婚禮，不是嗎？」

——不能哭。

但是，視線朦朧起來。

——為什麼，為什麼死了呢？

「要是不來參加婚禮的話，我會恨妳一輩子喔。」

麗子說著，努力對雪華露出微笑。

「……嗯。」

她是這麼打算的……

但麗子看見雪華眼中溢出一道淚痕。

啪嚓——，

這個瞬間，店中再度陷入一片黑暗，什麼也看不見。

「又來了……」

流喃喃道。

要是電線桿被雷擊中的話，那根電線桿負責供電的地區，就可能反覆停電。

「……雪華？」

——剛剛她流淚了？

「啊……真是的，姐姐，妳也太不會撒謊了。」

黑暗中只有雪華好像在鬧彆扭的聲音。

「果然變成這樣了啊——」

「哎？什麼？妳說什麼？」

「姐姐，妳跟守先生分手了吧？」

——咦？

「沒有分手，沒有分手啊，為什麼這麼說？」

「騙人。」

「是真的！」

「那妳為什麼哭？」

「我哪有哭？」

「妳在哭喔。」

「妳說什麼啊？這麼黑，根本看不到我的臉吧。」

「我看得見。」

「咦？」

「我不用看見姐姐的臉也知道。姐姐的心情……」

「雪華……」

「對不起，都是我的錯……因為我死了……」

──她在說什麼？

「雪華……？」

雖然叫她，但是在黑暗中什麼也看不到。

「啊……啊……」

在一片寂靜之中，只聽到老爺鐘的指針和雪華的抽泣聲。

「我本來打算絕對不哭的……還是不行啊……」

「雪華……」

「我生病了……只能活一個月……現在還這麼有精神，很難相信吧？但就是這樣……」

麗子已經完全搞不清楚了，她的感情一片混亂，腦子無法思考。

只知道一件事。

——**這孩子，知道自己要死了。**

「為什麼？妳為什麼非死不可？」

「對吧？我也這麼覺得。」

「雪華……」

「但，真是不可思議，我並不害怕死亡……」

——哪有這種事！既然這樣妳為什麼哭！

但是麗子說不出口，只有眼淚不斷從她眼中湧出。

「我害怕的是……」

雪華說著，用力抽鼻子。

「我死了，姐姐就不會笑了……」

☕

那是函館少見的酷暑之日的黃昏。

「就算動手術也沒有用……」

今年初夏的時候，雪華聽醫師說明了自己的病情。

「不是完全沒有救，但這種病例非常罕見，我們也只能盡力而為……」

「……我知道了。」

「您家人……」

「請不要告訴他們。」

「但是……」

「該說的時候，我會自己說的。現在不要……」

「我知道了。」

麗子只知道她因為肺部有陰影，所以住院進一步檢查。

「沒事的，不用擔心。」

雪華笑著這麼說道。

但麗子還是受了驚嚇，拼命追問她身體的情況，只要雪華露出稍微疲累的樣子，麗子的臉色就會蒼白到好像身體不好的是她。

發覺不對勁的人，是沙紀。

「廣泛性焦慮症？」

雪華聽到前所未聞的病名，皺起眉頭。

沙紀每天早上上班之前都會到這家咖啡店來吃早餐，下班之後又會過來喝咖啡。這樣的常客，從很久以前就跟雪華認識了，當然她也知道麗子的事。沙紀看見麗子的樣子，跟雪華提了一下。

「姐姐一直都很會擔心，這和焦慮症不一樣嗎？」

「雖然很難明確區別，但分隔線在於她的不安是不是到了應該治療的地步。」

「治療？」

「出門之後擔心是不是鎖了門，這種經驗大家都有吧？」

「是啊。」

「但要是對周圍的一切感到不安，本人覺得痛苦、無法睡眠、吃不下東西的話，那就成為大問題了。」

雪華心跳加速。

「成病的原因有很多，但麗子小姐應該是因為雙親意外去世吧。」

「什麼意思？」

「也就是說，不知道人什麼時候會怎樣死去，麗子小姐應該對此感到暗暗的不安。此外，麗子小姐責任感很強，她有自己應該代替雙親養育雪華妹妹的使命感。」

沙紀每句話都正中紅心。

「這次妳住院只是檢查，對吧？但她會過度擔心，覺得妳是不是要死了，這該怎麼辦啊？自己能不能幫上什麼忙呢？如果想得太多造成身心障礙，就需要治療了。」

雪華還沒跟沙紀說自己生病的事，然而，沙紀已經說中了麗子的狀況，這樣她就不能繼續保持沈默了。

「……醫生，其實我……」

雪華跟沙紀坦白了一切。要是手術不順利的話，自己活不過一個月……

「妳跟麗子小姐……」

「沒跟她說。」

「我明白妳的心情。」

「我可能不會死，但要是我說可能會死，姐姐她……」

想到姐姐不知道會多傷心、多難過，雪華心都揪成一團。

沒有人想見到自己最重要的人傷心難過，更別提，

——**可能會死**。

這種話會讓自己和對方心碎吧。

「要說我不怕死是騙人的，但我更害怕姐姐因為我死了，就再也笑不出來了……」

「雪華妹妹……」

「好不容易，好不容易決定和守先生結婚了，姐姐的幸福才剛剛開始，卻被我破壞了……」

「所以，笑一笑吧……」
雪華的聲音在停電的黑暗中響起，並不悲傷，而是在有限的生命中，期望姐姐幸福的開朗聲音。
麗子無法忽視她的心意。
「難道妳是為了要說這句話，才從過去來這裡的？」
「對啊，除此之外沒有別的了。」
「雪華……」
「我呢，就算死了，也希望姐姐能笑著活下去。我也會一直看著姐姐幸福的樣子。」
雪華可能正極力忍耐，黑暗中傳來她抽鼻的聲音。
「我也還有半個月……能笑著活下去。」

「雪華。」

「好不好？」

「雪華。」

「知道了嗎？」

「雪華。」

「回答我。」

「我……」

「嗯？」

「我知道了。」

「好！」

光是聽到這個聲音，就算在黑暗中什麼都看不見，麗子眼前就能浮現開朗隨和、有魅力和親和力、溫柔又關心別人、總是掛著笑容的妹妹。

「雪華……」

然後，麗子發現……

——我錯了。

要是立場相反……

——自己雖然怕死，但絕對不願意見到雪華因此傷心。

所以自己的這份心意，跟雪華是一模一樣的……

麗子終於察覺到了。

——雪華死去的現實不能改變……，但是我可以不讓雪華傷心。

大顆的淚珠從麗子的眼中落下。

心意相同的姐妹。

——要是立場相反呢？

麗子明白了。若是自己的死，讓妹妹不幸的話，最傷心的……

——絕對是我自己。

麗子緊緊閉上眼睛，所以……

——我不能放棄，雪華希望我和守先生結婚……

——我不能不幸，就算為了妹妹也要幸福……

麗子像是要留住雪華的心意。即便如此，眼淚還是不停地掉下來。

——不能讓那個孩子看見我這樣。妹妹希望我「笑著活下去」，我就不能哭。要是現在電來了，店裡亮起來，我也要有笑容才行！

麗子思忖著，拼命擦拭淚水。就在此時——

雪華坐著的位子傳來咖啡杯放在碟子上的聲音。

這個聲音意味著什麼，麗子立刻就知道了。

雪華把咖啡一口氣喝完了。

——時間已經到了嗎？

「雪華！」

我的妹妹……

「姐姐。」

開朗隨和，有魅力又溫柔的妹妹……

「雪華……」

「我最喜歡姐姐了，最喜歡了。」

雖然總是擔心我……

「一定、一定……」

一直面帶笑容的妹妹……

「要幸福喔。」

雪華……

「說好了喔？」

「我知道。」

麗子全心全意地笑著回答。

在伸手不見五指的黑暗中，眼淚並沒有停止。即便如此，麗子仍舊對著雪華全心全意地笑起來。

——我沒問題的。

笑容中滿含心意。

就像麗子在心中能見到雪華的笑容一樣，就算在黑暗中，雪華心裡一定也可以看見麗子的笑臉。

「……嗯。」

她聽見雪華小聲回答，然後人的動靜就消失了。

四下一片寂靜，只有窗外的雨聲和老爺鐘走動的聲音。

「……雪華？」

沒有人回應麗子的呼喚。

啪嚓——

過了一會兒，燈亮了。

但是，雪華已經不在那個位子上了，取而代之的是穿黑衣的老紳士，好像一直坐在那裡一樣，一動也不動。
「我媽媽，寄了這張明信片來。」
流在麗子背後輕聲說道。
麗子轉過身，流把明信片遞給她。上面寫著——

會來。十月二十八日，晚上六點四十七分
布川雪華會來，讓她姐姐麗子小姐在這裡等。
又，詳細情況問村岡醫生。

七月二十八日 由香里

日期是由香里抵達美國之後，郵戳是 WEST HARTFORD. CT。
西哈特福德是位於美國康乃狄克州哈特福德郡中央的城鎮，有很多高級住宅區，應該是從為了尋找失蹤的父親，而來到這家咖啡店的少年家寄來的吧。
麗子的視線從明信片移到沙紀身上。

這是怎麼回事？她用眼神相詢。

沙紀輕嘆一聲。

「她跟我說要去未來時，我真的嚇了一跳。」

「由醫生判斷就好。要是我死後三個月，姐姐跟守先生分手的話，就把她叫來。」

雪華在關店後的咖啡店裡，深深低下頭。

突然的請求讓沙紀也不禁困惑，但雪華毫無迷惘的表情讓她無法拒絕。

由香里在旁邊，從她的表情看來，已經知道雪華要去未來這件事了，但這並不能消除她的不安。

「可以是可以，但是真的見得到面嗎？」

沙紀身為這家咖啡店的常客，對規矩很瞭解。雪華既然要去未來，那麗子一定要在當場才見得到面。更別提雪華去世之後，麗子的精神狀態如何也未可知，情況糟糕的話，甚至可能自殺。她身為精神科醫生，不得不考慮到這些可能性。

「以我的立場來說，應該老實跟麗子小姐說明雪華妹妹的病情，而麗子小姐也應該知道自己患有憂鬱症比較好……」

這是專科醫生沙紀的意見。

要是不知道這家咖啡店的存在，也不會有前往未來的選擇。

而且如果好好解釋的話，麗子的精神狀態可能不會惡化到讓雪華擔心的地步。沙紀知道很多人都克服了失去親人的悲痛，既然這樣，就不需要把希望放在無法確定的「未來」上，致力於改變麗子的現實才是道理。但是雪華應該也知道她會這麼說吧？

雪華臉色如常，微微點頭。

「我明白的。」

她喃喃道。

「這是我的任性，要是真的為姐姐著想，可能還是醫生說得對。但我不希望看見姐姐知道我快死了而傷心，然後才死去。我希望姐姐能一直保有笑容，多一天算一天。真的很對不起姐姐，可我不想讓姐姐知道我生病，但是我也無法忍耐我的死讓姐姐不幸。所以醫生，如果姐姐跟守先生分手的話，就把她帶到我會去的未來。我會想辦法的！我會盡力試試看的。」

雪華的心意讓沙紀說不出話來。

「就讓她去，有何不可？」

這家咖啡店的店主由香里說。

「雪華妹妹已經知道了吧？自己死掉的話，麗子小姐會變成什麼樣子。因為是姐妹啊。應該怎麼辦才好，一定也只有雪華妹妹知道，對吧？」

「對。」

雪華用力點頭。

「……知道了。我會負起責任的。」

沙紀認命地說。

然而，就算雪華去了未來，麗子的情況仍舊不理想的話，沙紀也會全力治療麗子的，這不用明說雪華也知道。

「謝謝您。」

她微微低下頭。

「那妳準備好了嗎？」

由香里拿起銀咖啡壺。

「好了。」

「在咖啡冷掉之前……」

「我沒有辦法反對。」

沙紀帶著歉意說。

「不管妳會多麼痛苦……」

她直直望著麗子的眼睛，流下淚來。

對沙紀而言，這也是困難的選擇，如果她不是精神科醫生的話，或許就不會如此迷惘。

她將雪華的「心意」和麗子的「病情」，在心裡的天秤上衡量而產生自責。結果她不顧可能讓麗子痛苦，而選擇了雪華的「心意」，因此抱歉流淚。

就算被麗子責備也無話可說，然而──

「這樣就好。」

麗子溫柔地對沙紀說。

「因為我又見到了我最喜歡的笑臉……」

麗子的眼睛不斷溢出大顆的淚珠，但眼中卻充滿了活力。

這幾個月來沒有焦點的目光已經消失了，現在她的眼睛充滿了對未來生命方向的希望。

不知何時，雨已經停了，星星在窗外嶄露頭角。

麗子對沙紀跟流低頭道謝，離開了店裡。

喀啦哐噹——喀啦哐噹——

牛鈴的聲音響起。

「沒問題吧？」

流望著麗子的背影，喃喃說道。

「是啊，可能沒辦法立刻就好起來。」

沙紀說著，望向窗外。

「雪華妹妹已經不在了的現實不會改變，麗子小姐的悲傷和寂寞也不會就此消失吧？」

流深深地嘆了一口氣。

「是啊。」

他喃喃道，好像被沙紀說中了心事一樣。

「但是，跟雪華妹妹的約定，就像是到昨天為止都還一片黑暗的腳下打上一盞明燈。雪華妹妹去世的事實不會改變，但麗子小姐接下來的未來卻大大不同了吧？」

雪華點亮的明燈，指引著麗子走上幸福的道路，那盞燈也是讓雪華幸福的光明。因為麗子的幸福，就是雪華的幸福。

「……的確如此。」

流一面點頭，一面想起自己的妻子計。

計生來體弱，懷上美紀的時候，醫生告知她的身體無法承受生產的負擔，要是生下孩子，一定會無法活存。因此，流想過「墮胎」這個選擇，但是沒有說出口。

當然，計也不是沒有迷惘過。她一定要生下孩子，並不怕死。只不過自己身為母親只能把孩子生下來，出生的孩子寂寞、悲傷時，自己無法陪在身邊，也無法傾聽她訴說煩惱，無法幫助她。她希望孩子幸福，但越是希望孩子幸福，就越不安、越害怕。身體已經到達了極限，要是再硬撐下去，肚子裡的孩子也會有生命危險。

她什麼也做不了，總之，決定住院療養等待生產的那一天。這時，計眼前的那個位子空出來了，簡直像是呼應計心中的呼喚一樣……

開店以來，這個座位就被稱為「回到過去的座位」，但事實上，也能前往未來，只不過沒有人真的去過。因為就算能去想去的那一天，也不知道想見的人會不會在那裡，而且只有咖啡冷掉之前的短暫時間。就算約好了在那一天見面，也有可能遲到，見到面的機會很低。

雪華去見麗子而跨越的時間是四個月，靠著周圍的人幫忙，或許能設法約好時刻，沒有想像中那麼困難。然而，計去見美紀跨越的時間是十年，而且實際上還搞錯了，她最後到了去十五年之後。

前往未來見面，就是如此無法預測。

即便如此，流即時打了電話告訴計她搞錯了，時間是十五年後，眼前的女孩就是他們的女兒，終於讓計順利地見到美紀。

「我覺得能出生在這個世界上，真是太好了。」

計因為自己只能生下孩子而內疚，美紀這句話成了她內心的支柱。要是計一直懷抱著這種不安，可能在生產前體力就會不支。

「謝謝您生下我。」

美紀這句話給了計名為「希望」的能量。

人類都具有能超越任何困難的力量。這種能力人人都有，然而，有時候會受到名為「不安」的瓶頸限制，不安越大，就無法破除瓶頸。打開瓶頸的力量就在於希望，也可以稱之為相信未來的力量。

美紀的話，讓計有了相信未來的力量。生產之後，計的身體非常衰弱，但她臉上一直都掛著笑容。

麗子一定也從雪華那裡獲得了「活下去的希望」，因為她知道了自己獲得幸福，也就是妹妹的幸福……

沙紀結帳離開之後，出去現場表演的玲司和送傘的菜菜子兩人一起走在回到咖啡店的路上。玲司打算幫忙收拾關店，菜菜子則是把包包留在店裡，要回去拿。

「好漂亮。」

菜菜子喃喃道。

頭上是滿天的星空，剛剛下過雨，空氣很乾淨。這樣的日子，在函館山上看到的夜景應該也非常美麗。

關於函館山上的夜景有著種種傳說。

其中之一就是，「要是在欣賞函館山夜景的時候求婚，就會分手」。像這種厄運的傳說散佈於全日本各地。在東京井之頭恩賜公園的池塘搭遊艇的情侶不會長久；宮城縣松島的福浦橋，則有戀人一起過橋就會分手的說法。此外，情侶參拜會分手的地點則有神奈川縣鎌倉的鶴岡八幡宮、破壞源賴朝和義經兄弟感情的靜御前怨靈傳說、以及非常會嫉妒的北條政子等種種說法。函館山的傳說也一樣，在某方面算是觀光賣點之一。

另外一個故事，就是從函館山上看到的夜景裡，隱藏著心型。

這個故事眾說紛紜，像是「找出三個就能獲得幸福」、「願望就能實現」等等。然而，出處都無法確定。

像玲司跟菜菜子這樣的本地人，或許知道函館山的厄運傳說，但玲司對函館的夜景和漂亮的星空都沒有興趣。他沒有和菜菜子並肩而行，反而快一步走在前面。

咖啡店位於山腰，雖然不如函館山頂開闊，但轉身也能看見山下的燈火。要是情侶共行，應該是很浪漫的一段路……

但兩人聊的是玲司是不是真的記得整本《一百個問題》，一點也不浪漫。

「那第三十五題呢？」

「借的東西要不要還。」

「第五十一題呢？」

「中了一千萬的彩券要不要兌現。」

「第九十五題！」

「要不要舉行婚禮。」

「真的全部都記得？」

「是啊——」

「好厲害。」

「跟記住表演段子一樣而已。」

「你認真去上大學如何？」

成績應該會很好。

跟他是青梅竹馬的菜菜子，知道玲司中學、高中成績一直都很優秀。她的意思是，要當搞笑藝人的話等大學畢業也可以啊。

「沒意義。」

「為什麼？」

「通過甄選的話，我立刻就要去東京，所以現在就是盡量多賺錢。」

聽到玲司的回答，菜菜子稍微放慢了腳步。咖啡店馬上就要到了。

「玲司。」

菜菜子停下來叫他。

夜風舒服地吹拂著面頰。

「……嗯？」

玲司轉過身來。

菜菜子的新口紅和打光的紅葉相映生輝，玲司再度覺得胸中騷動。

「我說……」

菜菜子彷彿有話要說，就在此時——

叮咚叮咚、叮咚叮咚。

玲司的手機響了，是簡訊的聲音。

但玲司並沒把手機拿出來，他心臟怦怦地跳著，想知道菜菜子要說什麼。

「……什麼？」

「啊，算了。」

菜菜子對玲司說，她叫玲司先看手機，她不急。

這跟平常的對話並無不同，只除了玲司怦怦跳動的心臟……

玲司從口袋裡掏出手機，察看簡訊，而菜菜子在玲司看簡訊的時候，眺望函館的萬家燈火。

啪嚓、啪嚓——

照亮紅葉的燈熄滅了。

菜菜子現在才聽到鈴蟲吟吟的叫聲，聽起來十分寂寞的微弱聲音。

——鈴蟲的叫聲是這樣嗎？

菜菜子心想。

「哎？」

一旁的玲司叫起來。

菜菜子感到心中一陣不安，這就是所謂的蟲鳴預兆嗎？

「怎麼啦？」

菜菜子一動也不動，只凝視著幾公尺外的玲司。

「通過了。」

玲司的聲音彷彿很遙遠。

「什麼？」

「上次我去東京參加的甄選……」

玲司難以置信地睜大了眼睛。

「太棒了！」

他當場蹦跳起來，對菜菜子很快地說了些什麼，就朝咖啡店衝去。

在那之後的事菜菜子記不太清楚了，只記得鈴蟲吟吟的叫聲，以及自己忘記說出口的——恭喜。

第四話　【喜歡妳】

這年，函館的初雪是十一月十三日，比往年晚了大約十天。
雪花從晴空緩緩飄落，這就是俗稱的，風花。
正如字面，像風中飛舞的花瓣般飄落的雪。
從咖啡店的窗內可以欣賞由藍天、紅葉和白雪構成的鮮豔景色。

喀啦哐噹。

牛鈴響起，布川麗子走進店裡。
一直到上個月，麗子還因為無法接受妹妹的死，患了失眠症，精神狀態不穩定。然而，妹妹從過去來看她，跟她約定要「笑著活下去」之後，病情大幅好轉。現在她臉色很好，喀啦喀啦地拉著一個行李箱進來。
「歡迎光臨。」
時田幸出聲招呼麗子。
小幸是在這家咖啡店工作的時田數的女兒，今年七歲，她負責替回到過去的客人倒咖啡，很喜歡看書，放假的日子一天可以看三本以上。她看的書各種類型都有，甚至有大人都看不懂的困難內容。暑假的時候，她喜歡看宇宙和哲學的書，現在則看外國推理、經濟學，以及最近沈迷的《如果明天就是世界末日的話？一百個問題》

這其實是在這裡打工的小野玲司的書，現在銷售量已經突破兩百萬本，非常暢銷。

書的內容就如書名，以明天就是世界末日為前提，設計了一百個問題，每一題都得從兩個答案中選一個。最近幾個月，小幸都拿這本書裡的問題問咖啡店的常客，看他們怎麼回答。

小幸自己一個人坐在櫃臺邊。

麗子舉目環視店內，把頭傾向一邊，心中暗覺奇怪。平日午餐時間結束後，店裡沒有客人並不稀奇。只不過現下不在的不止客人，除了小幸之外，數不在櫃臺後方工作，代理店主流和打工的玲司也不見蹤影。

「小幸自己一個人嗎？」
麗子喀啦喀啦地拉著行李箱，走到坐在櫃臺座位的小幸旁邊。
「……嗯。」
「妳媽媽呢？」
麗子詢問數的去向。
「出去買東西了。」
「流先生呢？」
「流舅舅在下面打電話。」
幸用手指往下指。這家咖啡店樓下是流他們的居住空間。
「……那玲司呢？」
「東京。」
「東京？」
「他通過甄選了。」

麗子聽去世的妹妹說過，玲司想當諧星，她也看過好幾次玲司表演的段子，但是麗子並不覺得玲司的表演有趣。

她跟雪華說起這件事，但雪華回答：「就是不有趣的地方才有趣。」不過她還是無法理解，總是裝出笑容含混敷衍過去。

玲司竟然通過甄選要到東京去了，讓她覺得心情複雜。

「這，這樣啊……」

要是有人問她玲司的笑話好不好笑的話，她真的不知該怎麼回答。

麗子不再追問玲司的事情，在小幸身邊坐下。

小孩有時候會問讓人難以回答的問題，要是她含糊地答覆了，然後被誤解轉述給玲司聽到就不好了。還是哪壺不開就不要提哪壺。

「看到哪裡了？」

「看完了。」

「全部？好厲害？」

「嗯。」

可能是失眠症的影響，在跟從過去來的雪華見面之前的記憶，都不太清楚了。即便如此，她還是記得小幸跟村岡沙紀、松原菜菜子她們一起在玩這本書上的問答。

「好玩嗎？」

「好玩！」

「我也很想玩。」

這是麗子的真心話，當時她的情況讓她完全沒有心情。

「要玩嗎？」

小幸天真的聲音問道。

小幸並不瞭解麗子不久之前因為無法接受妹妹死亡，得了廣泛性憂鬱症，對小幸來說，麗子只是常客之一而已。

「那就只玩一個問題，好嗎？」

麗子望著時鐘回答，她要趕飛機，在此之前還可以先留下一個小回憶。

「隨便哪個都可以嗎？」

「隨妳挑。」

「知道了。」

小幸高興地翻過書頁，在某一處停下。

「那就這題。」

「好。」

「要問嘍。」

「麻煩妳了。」

小幸唸出問題——

您現在有最愛的男性，或是女性。

要是明天就是世界末日的話，您會採取什麼行動呢？

①不管三七二十一，先求婚。
②因為沒有意義，所以不求婚。

這個問題小幸之前問過菜菜子她們，麗子則是第一次聽到。

「妳要選哪個？」

小幸閃閃發光的眼睛望著麗子。

麗子無法掩飾自己的躊躇。要是那天雪華沒有來見她的話，她一定會回答②吧。

但是現在的麗子不一樣了。

「①吧。」

回答之後，麗子發現自己心中有明確的理由。

「為什麼？」

小幸反問，她做出略微思考的樣子。

「就算只有一天，要是不幸福的話，我妹妹會生氣的。」

她愉快地回答。

麗子似乎看見雪華雙手抱胸，很得意地「嗯、嗯」點頭的模樣，因為雪華就活在麗子心中。

「原來如此。」

小幸也滿意地點頭。

木板階梯上傳來吧嗒吧嗒的腳步聲，流從樓下上來了。

「啊，麗子小姐。」

「您好。」

「怎麼啦？」

流從麗子和小幸背後走過，進入櫃臺後面。

「我以為來這裡能碰到醫生……」

「醫生嗎？」

兩人口中的醫生是在綜合醫院上班的精神科醫生沙紀。麗子罹患廣泛性憂鬱症的時候，沙紀是她的醫生，也暗地裡幫忙雪華從過去來這裡跟麗子見面。

「是的。」

「咦？沒見到嗎？剛剛她還在這裡的……」

流把腦袋歪向一邊，望著麗子坐著的位子。

「小幸，醫生呢？」

「……不知道。」

小幸不知怎地，不自然地用書遮住臉。

「有點奇怪啊。」

櫃臺上有小幸的柳橙汁和喝過的咖啡，顯然不久之前沙紀還在這裡，所以是小幸有所隱瞞。

「小幸！」

流望著縮成一團的小幸，加重了語氣問她。

「啊，沒關係。」

「但是，」

「真的沒關係。」

麗子笑著幫小幸說話，她也看到沒喝完的咖啡，就算小幸有所隱瞞，她也沒有理由逼問她。

麗子眼角瞥見小聲嘆氣的流，轉身望著老紳士坐著的那個位子，回想起跟雪華見面的那一天。

「我還是覺得難以置信。」

她自言自語般地喃喃道。

「那個孩子來見我了……」

就算知道這家咖啡店的規矩，也很難想像去世的妹妹會來跟自己見面。就連身為店主的流，要是看見去世的妻子計突然出現在眼前，也會大吃一驚吧。

「但也因此我下定決心要離開這裡了。」

麗子說著，望向自己的行李箱。

見到雪華之後，麗子跟守先生復合了。雖然說是復合，但只有麗子覺得他們分手過，守先生只是因為跟沙紀諮詢，暫時和麗子保持距離而已。

「恭喜。」

流聽沙紀提過他們復合之後就立刻登記結婚，直到現在才正式跟她道賀。

喀啦哐噹。

數回來了，就如同小幸所說的，出去買東西了吧，因為她手裡提著兩個購物袋。

「媽媽，妳回來了。」

小幸跑上前。

「我回來了。這個能拜託妳嗎？」

數說著，把一個購物袋交給小幸。這個袋子裡裝的是他們的食材和生活用品，數用眼神示意她拿到樓下去。

「好。」

小幸精神飽滿地說道，小跑到樓下去了。

——她還真會溜。

流暗忖著，哼了一聲。

數看見麗子腳邊的行李箱。

「啊，是今天？」

她對麗子說，她知道麗子和守先生結婚後就要離開函館。

「是的。」

「你們要去哪裡？」

「德島。」

數把裝著店裡食材的購物袋越過櫃臺遞給流。

「說到德島，就是烏龍麵囉？」

流接過購物袋，插嘴說道。

「是啊。」

「是個好地方呢。」

「……是我……先生的老家。」

看麗子訥訥地說出「先生」兩字，流瞇起眼睛。

——**真的太好了**。

麗子心境的變化，可以從話中窺見一端。

流見過在雪華從過去來這裡之前像夢遊症患者一樣的麗子，跟現在相形之下，真是令人感慨萬千。

數望向時鐘。

「等一下就要出發了嗎？」

她在問飛機的時間。

「是的。」

「我們會覺得寂寞的。」

數他們跟麗子雖然只相識短短幾個月，但這並不是社交辭令，而是數的真心話。

以前數極力避免跟別人往來，從來不會說這種話。然而，過了十五年，身為人母的她，心境也不一樣了。

流也從這句話聽出了數心境的變化。

——真的太好了。

他心想。

人不管遇到怎樣困難的狀況，只要有一個機會，就能重新振作起來。流深有所感。

麗子離開櫃臺座位站起來。

「真的非常感謝你們。」

她深深地低下頭。

「不客氣。」

實際上，數並沒有做什麼，只客氣地微笑以對。

「要是有什麼話要跟醫生說，我可以轉達喔。」

流顧慮到麗子要跟沙紀告別。

麗子稍微想了一下。

「……那可以拜託您嗎？」

她說道。

「好的。」

流挺直背脊，表示會負起責任轉達。

「我也會幸福的。」

麗子沒有對著流，而是對著他背後的廚房清晰地說道。

「……請這樣告訴她。」

她停頓了一下後又加上一句。

「也會？」

流一瞬之間不知道麗子說的是誰，但麗子接下來的話讓他立刻明白了。

「因為我發現自己的幸福，就是妹妹的幸福……」

她的意思是已經去世的妹妹也會獲得幸福。

「原來如此。」

流高興地說道，細細的眼睛瞇得更細了。

數也靜靜地微笑。

「那就告辭了……」

麗子禮貌地低頭致意，然後帶著一絲惋惜離開了咖啡店。

喀啦哐噹——喀啦——

牛鈴發出寂寥的聲響。

「不跟她道別沒關係嗎？」

麗子離開之後，流轉向廚房說道。

「我不擅長道別啊……」

沙紀說著，從廚房走出來。

流也是中途發現她躲了起來，應該是不想跟麗子見面吧。

「但是，」

「想見面的話，隨時都可以見到不是嗎？」

沙紀垂下眼瞼說道，走回原來的櫃臺座位坐下，伸手拿起沒喝完的咖啡。

當然，沙紀並不是討厭麗子才躲著她，麗子離開此地，最覺得寂寞的一定就是沙紀了。但是離開函館是麗子自己的決定，她雖然想笑著送她離開，但發覺自己做不到，所以才躲起來。

沙紀啜飲已經冷掉的咖啡。

「對了，美紀還好嗎？」

美紀是流的女兒。她改變話題，因為也不擅長應付離別的哀傷氣氛。

「啊……」

流睜大了細細的眼睛。

「不是打了電話嗎？」

數把店裡使用的食材放進廚房的冰箱然後走出來，望著流的面孔。

「啊，嗯。」

「美紀怎麼了嗎？」

流的額頭上滲出汗珠。

數擔心地問道。

「啊，沒有，那個……」

流囁囁嚅嚅地說道。

「美、美紀……」

流喘著粗氣，聲音都聽不清楚了。

「哎？什麼？」

沙紀把手放在耳邊。

「美紀，有，男朋友……」

「男朋友？」

「美紀，有，男、男朋友了。」

流像漫畫人物一樣右眉不住抽動。

數和沙紀面面相覷，沙紀不由得噗哧地笑出聲來。

「不是很值得高興嗎？」

「一點也不高興！」

流拼命說道。沙紀捧腹大笑。

「美紀幾歲？」

「十、十四歲。」

「哎，同學嗎？」

「我沒有問！」

「是誰先告白的？」

「我不知道！」

「帥哥嗎？」

「又不是只要是帥哥就好！」

「你也不用這麼生氣啊？」

「我沒有生氣！」

「不過美紀很厲害喔，趁爸爸不在就交了男朋友……」

沙紀顯然在取笑流，他滿臉通紅。

「我、我再去打一次電話。」

他說著，劈哩啪啦地走到樓下去。

幾分鐘前接電話的時候，流當了一回開明的好爸爸，什麼都沒有問。當聽到沙紀說：「趁爸爸不在交了男朋友」，突然對自己這麼放任感到不安。

「啊哈哈哈，流先生好可愛啊……」

沙紀並不是在取笑流，她覺得能因為家人和好友這樣一喜一憂，很令人羨慕。要是能因為忍不住寂寞，流著眼淚跟麗子告別的話就好了，但是她知道自己辦不到。她說流可愛，其實是希望自己也能像他這樣。

沙紀說出這句話時，才有了自覺。

「真令人羨慕。」

她嘆了一口氣喃喃道。

「是啊。」

數輕聲應和。

咚——咚——

老爺鐘報時，下午兩點半。

「這麼說來，是今天吧？玲司要回來。」

玲司收到甄選合格的通知，第二天就去東京的藝能事務所報到，並且開始找住處。他的行動毫無迷惘，目前眼裡除了實現的夢想之外，什麼也看不見。

「是的。」

「他知道嗎？菜菜子的事……」

「我想多半不知道。」

其實在玲司出發去東京之後，數他們得知菜菜子幾年前就得了後天再生不良性貧血。剛好那時找到了骨髓捐贈者，立刻飛到美國去了。

「是吧。」

沙紀拿起小幸忘在櫃臺上的《一百個問題》，翻到某一頁。

如果明天就是世界末日的話？一百個問題。

第八十七題：

你現在有一個剛滿十歲的孩子。

要是明天就是世界末日的話，您會採取什麼行動呢？

①就算解釋孩子也不懂，所以什麼都不說。

②要是不說實話會覺得內疚，所以還是說了。

以前菜菜子回答過這一題。當時她說不想讓自己的孩子擔驚受怕，所以選了「①」。

「那要是菜菜子妳十歲呢？妳想知道，還是不想知道？」

沙紀反問她。

「想知道。」

菜菜子回答。雖然明顯矛盾，但她的理由沙紀也能理解。

「因為自己難過沒關係，但不想看到自己的孩子難過。」

——菜菜子體貼又替別人著想，這個回答很有她的風格。

沙紀望著那一頁心想著。

然而身為精神科醫生，也可以從另一個角度來看。

——她是太為別人著想，反而壓抑自己心情的那種人。

「以菜菜子的立場，她不想打攪玲司追求夢想。雖然可以理解，但玲司會怎麼想呢……」

沙紀說著，覺得玲司應該不能理解。

因為他們其實兩情相悅，這點沙紀跟數這些外人都看出來了，反而是兩個當局者迷。

「要是我們能說出她生病的事就好了……」

沙紀闔上書本喃喃道。

「就是啊。」

數凝視著窗外回道。

窗外的「風花」，緩緩地、緩緩地飛舞。

當天晚上。

「咦？」

玲司拎著裝有伴手禮的袋子，站在咖啡店門邊。

本日營業已經結束，數、小幸和沙紀在店裡等玲司回來。

「後天再生不良性貧血？」

玲司重複沙紀說的病名。

「終於找到了適合的骨髓捐贈者……」

「捐贈者？」

陌生的病名和「捐贈者」這個詞讓玲司困惑，腦中一片空白。

——……一直都在生病？那個傢伙什麼時候得病的？這麼重要的事，為什麼不告訴我。

他無法理解他們說明的內容。

沙紀用平靜的聲音，仔細說明那種病是怎麼回事。

「後天再生不良性貧血，是指造血細胞生成血液的功能低下，導致血液細胞減少的病症。也就是說，無法製造出新的血液，病人的生活會受到影響。菜菜子的病情比較輕微，旁人看不出來，但嚴重起來會貧血昏倒，疲勞倦怠，要是不治療的話，可能會因為併發症死亡……」

「這種病能治好嗎？」

「我不是專科醫生，不好下定論。但就算接受移植，完全治癒的可能性是五成吧。」

雖然說不是專科醫生，沙紀一定也詳細研究過這種疾病。

「五成……」

「是啊。就算手術成功，但畢竟是體內植入別人的組織，手術後可能會有併發症，或是排斥反應。這種病例在日本很稀少，移植的話還是要去國外。」

「所以就去了美國？」

「就是這樣。」

菜菜子的爸媽跟她一起去了美國，到美國之後，就沒有再跟沙紀她們聯絡了。可能是沒有餘力，因此現在沒有人清楚菜菜子的情況。

「要是能知會我們一聲就好了……」

「應該是不想讓我們擔心吧？」

「但是……」

「應該也是不想打攪你吧？好不容易通過了甄選，現在才剛剛起步……」

沙紀這麼說。

——**我是有點得意忘形了。**

玲司反省自己。

他仔細回想，自從看到合格通知之後，好像連一句話都沒有跟菜菜子說過，只傳了一通簡訊。

『去東京找住處。』

但那只是單方面的告知，他滿腦子只想著自己的事。

菜菜子回了簡訊。

『加油喔。』

就這三個字，他完全無法想像菜菜子當時的心情。

依菜菜子的個性，絕對會把別人放在優先的地位……

玲司說不出話來，咬住自己的下唇。

腦中不知怎地浮現菜菜子擦了新的口紅的那天，特地冒雨來接他，跟菜菜子一起走回咖啡店。

這麼想起來，第一次在意起兩個人獨處，可能就是那個時候也說不定。他清楚地記得菜菜子擦著新口紅，站在打了燈的紅葉之中的模樣，也記得當時心動的感覺……

他不由得掏出手機，但並沒有菜菜子傳來的訊息，沈默的畫面讓他覺得心焦。

數不知何時已經站在他身邊。

「這是菜菜子小姐留下來的。」

數說著，把一封信交給玲司。

玲司把紙袋放在附近的桌上，接過那封信。便箋是印著櫻花花瓣的和紙，菜菜子熟悉的優美筆跡寫著如詩的文字。

玲司：

恭喜你通過甄選。

我一直沒有跟你說，現在突然之間可能會嚇你一跳。

三年前，我患了一種叫做再生不良性貧血的病。

簡單說來，就是無法正常製作血液，會對生活造成各種影響。

要是不治療，可能會衍生其他的病，就沒法繼續努力下去了。

但是呢，現在在美國找到了捐贈者，所以我得去動個手術。

我們是青梅竹馬，我本來也打算跟玲司說的，

但通過甄選的你，現在正是要緊的時候，
所以我不想打攪你，就沒告訴你了。
我沒法跟世津子小姐一樣……
抱歉。
好吧，其實也沒什麼可道歉的（笑）。
要動手術我很害怕，但我會努力的。
所以請不要擔心。
玲司的段子一點都不有趣，但還是通過了甄選，
這一定是老天一時興起給你的機會，
一定要好好把握喔。
我會一直替你加油的。

菜菜子

菜菜子的信在玲司手中微微晃動。

「我沒法跟世津子小姐一樣……」

看完之後，玲司喃喃重複這一句。

——**那是當然的啊……**

玲司咬住嘴唇，思索著菜菜子寫下這句話的理由。

吉岡世津子是贏得搞笑藝人大賽優勝的搞笑二人組砰隆咚隆裡轟木的青梅竹馬，也是他的妻子。世津子是怎樣一位女性，怎樣支持著轟木，他和菜菜子都從轟木的搭檔林田口中聽說過。

轟木的狀況確實跟玲司很像。他們都是函館人，都想到東京當諧星。他們跟這家咖啡店的店主時田由香里也都認識，轟木跟世津子是青梅竹馬，玲司跟菜菜子也是。

但是菜菜子為什麼說：「沒法跟世津子小姐一樣」呢？

世津子愛轟木，相信他有當諧星的才能，為他奉獻一切，支持著他的夢想。他去東京的時候，她也伴隨在他身邊，是一位充滿行動力的女性。她的生活方式毫無迷惘，充滿自信。這樣的女性就算是同性的菜菜子看來，也充滿了魅力，令人憧憬。

相形之下，菜菜子並不執著於玲司的才能，只是在旁默默看著他努力的樣子，以身為青梅竹馬的身分支持著他。她沒辦法替玲司做什麼，更從來沒想過要跟他一起去東京。

她跟世津子的個性完全不同，根本無法比較，更別說轟木和世津子相親相愛，而玲司和菜菜子都只當對方是自己的青梅竹馬。

或許這就是讓菜菜子說出：「我沒法跟世津子小姐一樣」而抽身的原因。

要是沒聽過世津子的故事，她可能會告訴玲司自己生病，以及要去美國的事也說不定。

但是她知道了，她想成為那樣的人。

世津子將全部的人生託付給所愛的男性。她拿自己跟世津子比較，比較之後，她才發現對玲司的感情。

以及那一天，自己擦了新口紅的理由。

那天，菜菜子想讓兩人的關係更進一步，然而……有時候，人生會受「不巧」影響。此時正是如此——

當菜菜子鼓起勇氣想確定自己的感情時，玲司的手機就響了，那是合格通知的簡訊。要是這通簡訊晚個一小時，不，晚個幾分鐘的話，兩人的關係會有什麼改變就很難說。那天玲司心動的感覺，被合格通知給淹沒了。

時機不巧，只能這麼說。

兩人沒有確定彼此的感情，就這樣一人去了東京，一人去了美國，天涯各一方。

玲司拿著讀完的信紙，搖搖晃晃地在旁邊的桌位坐下。

——要是能取得聯絡的話，現在就想聽到菜菜子的聲音；要是能飛去的話，現在就想飛去。但是……

玲司不明白這種衝動是什麼，對自己的慌亂感到焦躁。

——就算去了，我又能怎麼樣？我現在不能不繼續前進吧？我甄選失敗了不知道多少次，每次失敗都覺得不甘心，但也都沒有放棄，好不容易才得到現在這個機會啊？

他說服自己，現在應該以實現夢想為優先。然而，抬起頭來，看見手中的信紙，決心就動搖了。

——但是，要是再也見不到面了呢？

——為了追求夢想，有時候不是得做出一些犧牲嗎？

——要是菜菜子死了，我不會後悔嗎？

——但合約都簽了，房子也租了，現在已經無法回頭了。

——為什麼煩惱？

——想見菜菜子。

——煩惱什麼？

——菜菜子和夢想，哪個比較重要？

——不知道。

——不知道該怎麼辦。

反反覆覆，腦中反反覆覆。

玲司用雙手掩住臉，深呼吸了一下。就在此時——

「玲司哥哥。」

小幸的聲音從面前傳來，她不知道什麼時候走到玲司面前，水靈靈的眼睛盯著玲司的面孔。

小幸一定是看到玲司這個樣子覺得擔心，才出聲叫他的吧。

玲司卻覺得小幸好像是在詢問他……

——要是明天就是世界末日的話，您會採取什麼行動呢？

小幸什麼都沒說，只不過這幾個月以來，她說過這句話無數次。

「要是明天就是世界末日的話……？」

玲司自言自語般地喃喃說道，突然間，穿黑衣的老紳士站了起來。

「啊……」

這是他看過許多次的光景。老紳士站起來，稍微收起下頷，把書抱在胸前，悄然無聲地在木頭地板上往前走向洗手間。

玲司心跳加速，想起了剛在這家咖啡店打工的時候……

那是櫻花飛舞的春季。

玲司當時是高中三年級的學生，他只在週六、週日和國定假日忙碌的時候來打工。

某一天，有個男性客人說第一次約會失敗，想回到過去重新來過。由香里跟他說了這家咖啡店的規矩，他非常沮喪地回去了。

「那個，回到過去之後，真的無論如何努力，也不能改變現實嗎？」

客人離開之後，在旁聽到規矩的玲司詢問由香里。在此之前，玲司並沒有詳細聽說過這家咖啡店的規矩。

「真的喔。」

「要是無法改變現實的話，那個位子就沒有意義了啊？為什麼要這樣呢？」

玲司直率地說。剛才那位男性客人，聽完規矩就放棄回到過去而離開了。

「嗯——或許吧。」

由香里並不反駁。

「但是呢，就算現實不會改變，還是有會改變的地方喔。」

「雖然不會改變，但還是有會改變的地方？」

玲司重複，這句話聽起來明顯矛盾。

「什麼意思呢？」

「比方說，你有喜歡的人。」

「好。」

「那個孩子是美人，頭腦聰明，是大家都憧憬的校花。」

「喔，好。」

「但是，你沒有跟那個校花說過一句話。這樣的話，你會告白嗎？」

「咦？」

「要告白嗎？」

這話太出人意表，玲司不知道由香里是什麼意思。只不過玲司並不討厭這種問答，他想像了一下由香里說的情況。

「不告白。」

「為什麼？」

「連一句話都沒有說過，而且那種偶像般的人物怎麼可能理會我啊？」

「是沒錯啦。」

「哎？」

果然還是不知道她是什麼意思，雖然他知道這是假設，但實在也太沒頭沒腦了吧。

「假設，你聽說了她喜歡你。」

由香里不顧玲司的困惑，繼續說道。

「嗄？」

「那你會怎麼辦？」

他有點心動，但結論仍舊沒有改變。

「什、什麼也不做啊，只是謠言而已。」

「但是你的心情不會改變嗎？」

「會改變又怎樣？」

「跟剛剛有點不一樣了吧？」

她是指心動的感覺嗎？

「是有一點……」

玲司含糊地回道。

「動搖了嗎？」

由香里好像看透了玲司的心意，直率地微笑起來。

「嗯，是啦。」

「會覺得搞不好她願意跟我交往？」

「不會。」

「原來如此。」

由香里滿意地點點頭。

「那麼，要是你偷聽到她跟朋友說她喜歡你呢？」

「咦？」

「怎麼樣？偷聽到了也不告白嗎？」

胸中的騷動更厲害了，他覺得自己好像被由香里的話牽著鼻子走，老實說並不愉快。

「也罷，就算不告白，也跟剛才明顯不一樣了吧？」

「是這樣吧……」

「但你沒有跟她交往的現實並沒有改變喔？」

這是詭辯。但是，要是由香里所指的「現實」是兩人的關係的話，那就沒說錯。

「是的。」

「什麼改變了？」

「……心情嗎？」

胸中騷動是事實。

「對啊。」

「但是，」

兩人的關係並沒有改變，改變的只是心情。這可以理解。但他還是覺得有什麼不對。

——就算如此，回到過去有意義嗎？

玲司還是想不透。

——沒有。

玲司噘起嘴，嗯地悶哼一聲。

「我知道你想說什麼，因為並沒有人會為了這樣而回到過去。」

由香里的意思是，沒有人想為了改變心情而回到過去。

「從這裡開始才重要。」

由香里繼續說道。

「就算知道她真的喜歡你，但維持現狀的話，什麼都不會改變喔？」

「是的。」

「你跟她連話都沒有說過，兩人的距離和兩人的關係都沒有改變。」

「對啊。」
「要是她也跟你一樣，沒有跟你說過話，覺得你不會理她，那你們有可能交往嗎？」
「不會吧。」
玲司斷然回答。
「其實你們互相喜歡，真是可惜。這樣的話，你要怎麼做才能跟她交往呢？」
「……告白嗎？」
「對，也就是說……」
「……採取行動！」
「就是這樣。」
玲司握拳舉手表示勝利，由香里也滿意地微笑。
「沒有人光是想成為漫畫家就能成為漫畫家吧？」

確實。

「只是回到過去的話，誰都能回去。但是這家咖啡店要挑人選，用規矩篩選。有人聽說了規矩就放棄離開了；也有知道規矩仍舊想回到過去的人，他們都有要回去的理由。無論是什麼理由都可以，就算現實無法改變，也有一定要見到的人。只要有該見到的人就好。」

「就算現實不會改變，也一定要見到的人？」

話雖如此，高中三年級的玲司想不出來自己有這種對象。

「想不出來吧？」

「對，對啊。」

「你知道了規矩，或許以後有一天也會有不得不回到過去的時候吧？」

「會嗎？」

「這我就不知道了。」

任何事都有因果的。

☕

洗手間的門悄無聲息地打開，黑衣老紳士好像被吸進去一樣消失在裡面。

「那傢伙……」

玲司望著老紳士空出來的座位。

「那傢伙最後一次來咖啡店是什麼時候？」

——見到了又能怎樣？

玲司心裡仍有這樣的迷惘，卻不由自主地朝那個座位走去。

「應該是……」

流說著，望向數。

「一星期以前，十一月六日，下午六點十一分。」

數簡直像是知道玲司要回到過去一樣，說出了精確的時間。

「小幸應該跟她在一起。」

「我知道了。」

玲司慢慢在那個位子上坐下。

——見到了又能怎樣？

但是看了菜菜子的信，他心中悸動不已。

——我想確定……

他閉上眼睛深呼吸。

「小幸。」

玲司呼喚站在數旁邊的小幸。

「替我倒咖啡好嗎？」

小幸抬起水靈靈的眼睛望向數，因為對方是玲司，小幸的眼神裡帶著「想讓他去」的神色。

「去準備吧。」

數說道。

小幸微笑點點頭，吧嗒吧嗒地走進廚房，流跟在她後面，跟往常一樣幫她準備。

玲司沒想到竟然會有這一天。

想跟去世雙親抱怨的女客人回到過去、砰隆咚隆的轟木回到過去時，他都在場，冷靜地從頭到尾在旁守護。嚴格來說，不管發生什麼都是別人的事，就像是看電視上的新聞報導一樣。

然而，現在卻不一樣。自己就在電視裡，坐在回到過去的位子上，變成熱氣消失的也是自己。

他現在覺得心臟好像要爆炸了，在這個位子上坐下，想到轟木帶著怎樣的心情去見過世的太太，就覺得胸口似乎揪成一團。

不管怎樣努力，都無法改變太太已經去世的現實。跟支持自己的太太死別，轟木是對抗了多大的喪失感才取得搞笑藝人大賽的優勝呢……

玲司心中再度產生迷惘。

——見到了又能怎麼樣？

——要放棄的話就是現在了。

他不斷重複同樣的疑問，自問自答。

——不管怎麼努力都無法改變現實……

都已經走到這一步，玲司卻沈浸在沈重的氣氛中。就在此時——

「啊，我忘記了！」

小幸把咖啡托盤交給了數，自己小跑到樓下去。

——小幸？

全員都當場呆掉，但小幸很快就回來了，只不過她手裡拿著那本《一百個問題》。

「這個。」

小幸把書遞給玲司。

「菜菜子姐姐說，要把這個還給玲司哥哥。」

「……啊。」

玲司接過書，他想起來了。

這本書確實是玲司的，他借給了菜菜子，然後一直都是小幸在看。玲司自己都忘了這件事。但菜菜子想把借的東西還給他，雖然說這是認真的菜菜子會做的事，但玲司心中卻有別的想法。

把借的東西物歸原主，這行為或許也表示……

——**可能再也見不到面了。**

菜菜子會不會是抱著這種心情？

「題目全部做完了嗎？」

玲司望著那本書，問小幸道。

「嗯。菜菜子姐姐說可能有一陣子見不到面，所以就做完了。」

——**果然。**

就是玲司現在要回去的那一天發生的事。

「來這裡的那一天？」

「嗯。」

「這樣啊。」

玲司翻過書頁，停在最後一個問題。

「小幸。」

「什麼？」

「妳記得那傢伙，就是菜菜子，怎麼回答最後一個問題嗎？」

「最後一個問題？」

「對，最後的問題。」

——我想知道，菜菜子到底是怎樣的心情？

「嗯，我記得。」

「她選了什麼？」

「唔，應該是②。」

「②？」

「嗯。」

「這樣啊。」

——果不其然。

「我問她為什麼，她說，因為還是怕死啊。」

聽到菜菜子說的話，玲司的表情變了。

——菜菜子說，她無法跟世津子一樣，或許沒錯，不對，根本沒有必要跟她一樣。我想見的不是世津子，而是菜菜子，而且世津子已經死了，菜菜子還活著。

玲司抬起頭。

——我們的未來還不知道會是什麼樣子，但我現在就想看見菜菜子。這有什麼不對！她覺得不安的話，那我就安慰她一下，有什麼不對！我想跟她說沒事的。我想跟她說妳沒有必要成為世津子。雖然不知道那樣做有沒有意義，反正菜菜子要去美國了，在她走之前跟她說這些有什麼不對！會礙到誰？不會礙到任何人！

玲司在心中下定決心，用力拍了自己的面頰兩下。

「？？」

小幸被玲司的動作嚇了一跳，眼睛骨碌碌地轉動。

「小幸，謝謝妳告訴我，我有勇氣了。」

玲司恢復了正常。

小幸雖然嚇了一跳，但看見玲司的表情比剛才開朗多了。

「嗯。」

她開朗地大聲說道。

「那就麻煩妳倒咖啡了。」

「嗯。」

小幸舉起銀咖啡壺，她輕聲說道——

「在咖啡冷掉之前……」

倒進杯裡的咖啡升起一縷熱氣，而在此同時，玲司的身體也化為白煙，像被天花板吸進去一樣消失了。

一切都發生在一瞬之間。

「妳覺得他會告白嗎？」

在旁默默看著的沙紀問數。

「哎？告、告白？」

流大吃一驚。

「咦？流先生沒發現嗎？」

「怎麼回事？」

「什麼怎麼回事，告白就是告白啊。」

他們兩情相悅。

「哎——真的嗎？」

「要不然玲司為什麼要回到過去？」

「我完全沒察覺。」

「流先生，你到底有多遲鈍啊？」

沙紀無奈地說道。

「對，對不起。」

流根本沒有錯，卻抓抓腦袋露出不好意思的表情。

話雖如此，菜菜子面對手術感到不安並非謊話，玲司的擔心也並不是完全沒道理。正因為兩情相悅，他們的不安會更深吧？

「雖然讓玲司去了，但我不知道他要去做什麼。」

流把頭歪到一邊。

「大家都知道吧？」

「咦？真的嗎？」

「對吧？」

沙紀說。

「嗯。」

小幸大聲回答，數微笑起來。

「這樣啊，原來如此。」

流把細長的眼睛瞇得更細了，他凝視著玲司離開的那個座位。

「對了……」

沙紀順口改變了話題。

「最後一個問題是什麼？玲司聽到以後，表情就完全變了吔？」

數回答了沙紀的問題——

您現在正在開始陣痛的母親肚子裡。

要是明天就是世界末日的話，您會採取什麼行動呢？

「醫生還沒玩過這個問題吧？」

小幸望著沙紀的臉。

「對。」

沙紀回答。

「原來如此。所以答案是什麼？①？」

她繼續說。

「要繼續活下去。」

小幸回答。

「那菜菜子選的②是什麼？」

「因為沒有意義，所以不出生了。」

這是數說的。

「原來如此。」

——因為聽說了她害怕死亡啊。

「那你要怎麼辦呢，玲司。」

沙紀對著空位喃喃道。

☕

玲司在回到過去的期間，一直在想《一百個問題》。

那些問題都有兩個答案。

借的東西，要還？還是不還？

中了一千萬日圓的彩券，換錢？還是不換？

舉行婚禮？還是不舉行？

仔細想一想，這些問題都是大家可能碰到的，只不過加上一個「明天就是世界末日」這種非現實的條件，就讓問題有了危機感。

——然而，人不知道什麼時候會死。瀨戶彌生的父母車禍死亡、世津子病故、就連一起打工的雪華也在住院一個月之後去世了。真的沒有人知道會不會有明天。

玲司是這麼想的。

經由這次的事件，玲司知道了理所當然的日常有多重要，重視的人在身邊有多麼幸福。

有些事情就算想明天再講，也沒有機會了。

從東京回來之後，他發現理所當然應該都要在的菜菜子對自己有多重要。

但玲司的明天還沒有結束，現在菜菜子還活著。要是明天就是世界末日的話，一切就太遲了。在沒有結束的世界裡，現在這個瞬間必須做的事，可能就是坦率地面對自己的心情。只要有必須傳達自己心情的重要的人存在，那就非得傳達不可。

這本書是不是為了讓大家知道這個理所當然的道理才存在的呢？

菜菜子還活著。自己很幸運，知道這家咖啡店的存在。

就算現實無法改變，他也有現在能做的事情；就算未來不可知，他也有想傳達的心意。

——要是明天就是世界末日的話，我一定會回到過去見菜菜子。

玲司是這麼想的。

手足的感覺回來了，周圍從上到下流動的景色也慢慢穩定下來。玲司觸碰還原的身體，確定是自己沒錯，剛才恍惚的感覺還未消散。

放眼望去，數在櫃臺後方，小幸坐著看書，流好像在廚房裡。

老爺鐘的時間剛過六點。

現在是十一月初，這個時期天色暗得早，要是沒有客人的話，咖啡店就關門。窗邊座位上有一對老夫婦，他們是最後的客人了吧。

他環視店內，菜菜子不在，還不到數說的六點十一分，待會兒菜菜子一定會來。數說的不會有錯。

數看見玲司出現了，只微微一笑，沒有跟他說話。

玲司知道這是對出現在這個位子上的人的尊重，而且玲司一出現在這個位子上，數應該就知道玲司是來見誰的。

玲司望向數，微微點頭致意，然後等待菜菜子出現。

六點八分，還有時間。

他摸了一下咖啡杯確定溫度，沒問題，沒有燙到不能摸的地步，但距離冷掉也還有一段時間。

數跟坐在窗邊七十歲前後的老夫婦談笑，應該是閒聊吧。玲司是第一次看見數開心地跟客人聊天，他豎起耳朵傾聽，數稱呼她「房木太太」，她跟著喜歡旅行的先生一起來到函館，看來他們是數在東京的咖啡店裡的常客。太太很健談，先生則沈默寡言。玲司只看得到他的背影，無法確定表情，但感覺是個粗人，太太愛憐地望著先生的表情讓他印象深刻。

——小幸又在看很難的書嗎？

坐在櫃臺邊的小幸動也不動。玲司知道她一旦沈浸在書裡就忘了一切，可能根本沒注意到玲司出現了。

六點十分，三十秒。

玲司望著咖啡店入口，菜菜子馬上要來了。

——那傢伙看見我坐在這裡，會露出什麼表情呢？

驚訝地叫起來，或者是說不出話，還是……

——不會哭吧？

那樣的話，就尷尬了。

仔細想想，菜菜子是要去美國所以來道別的，可能心裡本來就很不安。這可能是他自以為是，但既然留下那樣的信，看見他也不是不會哭出來。這麼說來，自從幼稚園起就沒有見過菜菜子哭了，他看慣了她笑的樣子和無奈的樣子。他表演段子的時候，她也曾經失笑過，這比顧忌他的感受勉強稱讚他要好得多。但要是對著他哭就不好辦了，他會不知道該如何是好。

喀啦哐噹。

想著想著，牛鈴突然響起來了。

時間是六點十一分，剛剛好。

——來了。

「歡迎光臨。」

數對進來的菜菜子說，然後她瞥向坐在那個位子上的玲司，她果然知道玲司是來見菜菜子的，而她的視線是要讓菜菜子知道玲司來了。

菜菜子隨著數的視線望過去。

「咦？」

菜菜子看見玲司。

——心跳加速。

「嗨，喲。」

玲司舉起手，尷尬地打招呼。

「咦？玲司？哎？你已經回來了？」

——喂——

玲司不由得在心裡吐槽，她的反應也太平常了，他無法忍住困惑的表情。

「沒有，我還在東京。」

於是他回答得支離破碎。

「咦？你說什麼？」

菜菜子奇怪地皺起眉頭。

「我是特地來的。」

「來找誰？」

「當然是找妳啊。」

「找我？」

「對啊。」

「為什麼？」

——真是裝傻的天才啊。

「什麼為什麼……」

——我還以為她會哭呢，真是有夠丟臉了。

玲司不由得抱住腦袋，大聲嘆了一口氣。如果玲司沒去東京，菜菜子沒有要去美國治病的話，這其實是再普通不過的對話。

「妳啊。」

「怎樣？」

「為什麼趁我去東京的時候跑到美國去了？」

菜菜子這才明白現在是什麼狀況？

「咦？啊，這個座位！哎？哎？難道你是從未來過來的？」

她手忙腳亂地蹦跳起來。

出乎玲司意料，這完全是菜菜子正常的表現，他心中暗暗鬆了一口氣。

——總比看見她不安或是哭哭啼啼的樣子要好。

「啊，對了，你從未來過來，所以看過我的信了？」

菜菜子一點點在心裡把話拼湊起來，想到吻合之處就啪啪地拍手。

「為什麼一聲不吭就走了？」

他並不是來責怪她的，但菜菜子滿不在乎的態度讓他不由得話中帶刺。

「啊，對喔……抱歉啦。」

菜菜子無精打采地低頭喃喃道。

「沒有啦，沒關係。」

菜菜子跟他道歉，反而讓他覺得過意不去。

那對跟數聊天的老夫婦站起身來，他們應該並沒察覺到兩人之間微妙的氣氛。數帶著小幸走向收銀台，結完帳之後，流也從廚房出來送客。

流有注意到玲司坐在那個位子上，小聲地「喔？」了一聲，但僅止於此。

菜菜子站在玲司面前，就算是遲鈍的流也察覺得到事情不尋常。

送走老夫婦之後，小幸朝玲司揮揮手，店中恢復平靜。

數看到菜菜子站在原地，端了冰淇淋蘇打過來。

「雖然不能慢慢吃，但妳都來了。」

她說著，朝玲司對面的位子跟菜菜子示意。

這也是告訴玲司，既然有一定要說的話，就不要拖拖拉拉了。

菜菜子不好意思地在玲司對面坐下。

玲司指責她默默去了美國。

不，正確來說是打算去美國，這讓她很介意。

「跟我說一聲就好了。」

本來是想用比較溫柔的口氣，結果因為不好意思，反而變得像是在抱怨。

「對不起。」

「就說了不用這樣啦。」

——我不是在責怪妳。

「這可能是辯解，但是，我一直沒有感覺到自己生病了……」

菜菜子仍舊低著頭，吞吞吐吐地開始說。

「我總想著有一天能治好吧。要是能治好就好了，然後由香里小姐突然聯絡我，說找到了捐贈者……」

「哎？由香里小姐，不是去美國找人了嗎？」

「嗯，但好像也在幫我找捐贈者。」

「這樣啊……」

也就是說，由香里很久以前就知道菜菜子生病了。

玲司發現好像只有自己不知道，心裡很不是滋味。

「我上次本來要說的。」

菜菜子立刻就察覺玲司的心情，她急忙說道。

玲司立刻明白菜菜子說的是，擦了新口紅的那天。

「玲司剛好收到了合格通知，就沒來得及說……」

「也是啦。」

——她這麼說……真讓人難受。

「不好意思。」

「啊，沒關係，沒關係，那是玲司最重要的夢想啊。我生病是我自己的問題，不想去煩你。」

菜菜子說的話就跟信中內容一樣。

——這樣的話，那我為什麼要到這裡來？

玲司氣自己說不出真心話。

他伸手摸咖啡杯，感覺起來比剛才溫了。

「東京怎麼樣？」

「嗯？」

「你是第一次自己住吧？」

「對。」

「我幫不上什麼忙，但會一直替你加油的。」

──跟平常一樣，完全沒變的菜菜子。

「加油喔。」

菜菜子說著，伸手拿冰淇淋蘇打。

「嗯。」

玲司有點落寞地回答。

──我一個人惴惴不安，可能是擔心過度，想多了。

距離咖啡冷掉好像還有一點時間，但見到了菜菜子，又不知道自己到底來這裡幹什麼了。

要是菜菜子很不安，他就可以溫柔地安慰她，但是剛才她還叫自己加油。要是平常的話，他或許可以輕鬆地回說：「妳也是。」然而，現在他辦不到。

──這不是很值得高興嗎？

菜菜子跟他想像中不一樣，這並不是壞事，但自己卻無法真心感到高興。

他擔心得要命，覺得特別從未來回來的自己很傻，也討厭著這麼想的自己。

——在菜菜子察覺到不對之前回去吧。

「那我就……」

玲司說著拿起咖啡杯。就在此時——

「最後一個問題。」

小幸的聲音傳來，不過那個聲音的對象並不是玲司。她若不是在跟櫃臺後面的數說話，不然就是跟在廚房裡處理關店工作的流講話。

那對老夫婦剛剛才離開，不用特別豎起耳朵，也能清楚聽到小幸的聲音。

「您現在正在開始陣痛的母親肚子裡。」

小幸繼續說下去。

「好。」

回答的是數。

您現在正在開始陣痛的母親肚子裡。

要是明天就是世界末日的話，您會採取什麼行動呢？

①要繼續活下去。

②因為沒有意義，所以不出生了。

「媽媽要選哪個？」

數一面繼續櫃臺後的工作，一面把頭傾向一邊，彷彿在考慮。

玲司注意到小幸她們的對話，菜菜子也望著她們。

「喏。」

這個聲音是菜菜子的，跟剛才完全不同，聲音微弱得好像隨時都會消失。

玲司望向菜菜子，她仍舊望著櫃臺。

「我怎麼樣了？」

她喃喃道。

——……咦？

玲司一時沒會過意來，他茫然不解地望著低著頭的菜菜子。

「啊。」

菜菜子硬生生裝出一個笑臉。

「騙你的啦，忘記我剛才說的話。就當沒聽到，好嗎？」

過了一會兒，她可能忍耐不住了，便慌忙站起來，跟玲司拉開距離。

「咖啡要冷掉了喔？快點喝完吧。」

菜菜子背對他，聲音有點發抖。

「菜菜子……」

這一瞬間，玲司完全明白了。

——菜菜子擔心手術的結果。

他詛咒自己的淺薄。

——漫不經心的不是菜菜子，是我……

菜菜子一定很擔心玲司來的那時候自己手術的結果。

她把去跟爸媽抱怨的彌生、和去見妻子的轟木，跟自己的遭遇重疊起來，想像了最壞的結果。

最壞的結果就是，手術失敗。

也就是說，死亡。

菜菜子一定覺得，自己已經死了，所以玲司才過來。因此刻意不詢問未來，做出不介意未來的樣子，明快隨意得讓玲司生起氣來。

菜菜子本來打算在玲司喝完咖啡回到未來之前，都隱藏自己真正心意的。

然而，還是不小心說出來了，沒法忍耐到最後。

玲司完全沒看出菜菜子的謊言。

「……對不起。」

玲司是想為自己沒有體會到菜菜子的心情而道歉。

但菜菜子卻以為是別的意思。

「討厭，我不想知道！」

「妳……」

他們從懂事的時候就在一起了。上同一個托兒所、幼稚園、小學、中學、高中，然後是大學。在一起是理所當然的事，對此兩人沒有任何的疑問。

自己是從什麼時候開始喜歡菜菜子的？

菜菜子是從什麼時候開始喜歡自己的？

這麼說來，好像從來沒有聽說過菜菜子交男朋友。

就算男性朋友誇讚菜菜子「可愛」，好像也跟自己覺得「可愛」的女孩子完全不一樣。

自己的夢想一直都是成為諧星，從中學的時候開始，就決定要去東京當搞笑藝人。

但是，咦？

我是要自己一個人去東京嗎？

要跟菜菜子分開，自己生活？

從懂事時開始就在一起……

上同一間托兒所……

同一間幼稚園……

小學……

中學……

高中……

大學……

然後，東京……

在一起是理所當然的，對兩人在一起沒有任何的疑問……

咦？我可能，一直都喜歡著菜菜子喔。

因為那是理所當然的，從來沒有過任何懷疑。

我的夢想，可能無法脫離菜菜子獨立。

那是理所當然的，沒有任何懷疑。

所以……

「妳……」

「不要說！」

「變成我老婆了。」

「討厭！」

掩住耳朵大叫的菜菜子眼睛忽然一亮。

「……咦？」

「妳，變成，我，老婆了。」

玲司刻意頓開來，重複強調了一遍。

「騙人的吧？」

「騙妳幹嘛。」

——是騙人的就是了。

「那我的病呢？」

「什麼病？」

「我找到捐贈者了。」

「去美國了。」

——未來的事情沒有人知道。

「去了？」

「回來之後當我老婆啦。」

——所以。

「哎？」

「可喜可賀，可喜可賀。」

——我愛怎麼說就怎麼說。我的未來，我們的未來，從現在才開始。

「為什麼？」

「什麼為什麼，我才想問呢。」

——而且，

「啥？」

「是妳說一定要跟我結婚的啊？」

——不管說什麼現實都不會改變。

「我才沒說！」

「在這之後，妳會說的。」

「絕對不可能！」

「說了！」

「絕對是騙人的！」

「我才不會說這麼丟臉的話！」

——要不是說謊，怎麼說得出這麼丟臉的話！

「笑不出來。」

「我已經習慣了。」

「哎？」

「即便如此，也不能捨棄自己的夢想。我沒有捨棄夢想，所以要去東京，可能會一直過著難以溫飽的生活。但很可惜，妳還是當了我老婆！說當了就是當了！」

玲司一口氣說完，呼吸了一下。

「所以，」

他重振氣勢。

「認命吧！」

——我會努力的，希望妳一直在我身邊。

他斬釘截鐵地說道。

玲司出人意料的求婚在店中迴響，不知何時，小幸和數、連流都從廚房探頭出來看著他們。

「噗。」

菜菜子不由得失笑。

「哈？」

——這傢伙，笑什麼？

「好笑。」

「這又不是表演段子。」

「很好笑啊。」

「……哎？」

菜菜子一面笑眼淚一面流下來，大顆大顆的淚珠讓玲司不知所措。

「喂。」

菜菜子直勾勾地望著玲司。

「謝謝。」

她輕聲說道，伸了一個懶腰。

「這樣啊，變成玲司的老婆啊——！」

她大聲說道，連玲司都嚇一跳。她的聲音清亮，迷惘和不安似乎消失了。

菜菜子靜靜地轉過身。

「未來不管如何努力都不會改變吧？」

「嗯，因為是規矩。」

「這樣啊。」

「嗯。」

「那就沒辦法啦——」

菜菜子滿面笑容。

「媽媽選①。」

數在這個時候回答了小幸的問題。

小幸一直在注意玲司和菜菜子談話，數突然回答嚇了她一跳。

那也是數給的信號。

——時間快到了喔。

數的眼神在暗示。

從未來過來的玲司，必須在咖啡冷掉之前喝完才行。

「啊，這樣喔。」

菜菜子也很清楚規矩。

「快點喝掉，喝掉。」

菜菜子急忙叫玲司喝咖啡。玲司也把想說的話說了，沒有任何遺憾。

「糟糕，那我走啦。」

玲司說著，一口氣把咖啡喝完。

四周開始搖曳晃動，頭暈目眩的感覺包圍了玲司。

「啊，對了，這題的答案呢？」

「咦？」

菜菜子從小幸手中拿過那本書，舉起來給玲司看。

「最後一題，玲司怎麼回答？」

玲司想起來了，菜菜子的答案是②，理由是「害怕死亡」。

玲司在逐漸模糊的意識中回答。

「我選①，要繼續活下去。」

「①？為什麼？」

「就算只有一天，能活一天也是好的……」

玲司的身體被熱氣包圍。

「只要出生了，誰也不知道未來會怎樣。說不定，說不定世界末日不會來。所以我選①。」

「這樣啊。」

「那我也選①。」

菜菜子也叫喊起來。

包圍玲司身體的熱氣倏地上升，穿黑衣的老紳士出現在下方。

玲司不知道有沒有聽見菜菜子最後那句話。

玲司消失後，菜菜子仍舊凝望著天花板。

「菜菜子姐姐，妳要跟玲司哥哥結婚嗎？」

小幸抬頭望著菜菜子，菜菜子微微一笑。

「結果我得主動要求要跟他結婚呢……」

她聳聳肩。

幾天後，玲司收到了菜菜子寄來的明信片。

應該是手術過後在病房照的吧，菜菜子對著鏡頭笑得很開心，她簡直像是在說，我沒事。菜菜子的旁邊則是笑容滿面的時田由香里。

「這樣看來，一時之間還回不來吧？」

沙紀望著玲司收到的明信片，喃喃說道。

她的口氣幾乎像是懷疑由香里到底是不是去美國尋人一樣。

「是啊。」

流嘆著氣說。他也不抱什麼希望，反而開始慢慢喜歡上函館這個城市，覺得由香里就算一時半刻不回來也沒關係了。

「由香里小姐，真的是個了不起的人啊。」

玲司從沙紀手中拿回明信片，感嘆地說道，他身邊放著手提箱和背包。

今天是玲司回東京的日子，他在出發前，帶著菜菜子和由香里合照的明信片來道別。

「二十年前的照片裡就有她；救了要跳海自殺的女性，讓她前往未來；認識砰隆咚隆的轟木先生和林田先生；告訴流先生雪華妹妹會從過去來到這裡；而且還參與了這件事喔？」

她在美國和菜菜子合照。

「轟木先生那時候，要是由香里小姐沒有寄恭喜他獲得搞笑藝人大賽優勝的明信片，事情還不知道會怎麼樣發展呢？」

玲司應該是想說，這一切簡直像是神來之筆。

「只是偶然吧？」

流只冷靜地說道。

「但就算是偶然也很厲害……」

玲司拿起《一百個問題》，正要說什麼的時候，樓下傳來吧嗒吧嗒的腳步聲，是小幸。

小幸呼呼地喘著氣，把一本書遞給玲司。

「這個給你。」

「給我？」
「嗯。」
那是一本小說，書名是《戀人》。
「哎，這是小幸最寶貝的書吧？真的可以送人嗎？」
流問道。
「嗯。」
小幸從自己的書裡選了最喜歡的一本，送給玲司當餞別禮物。
「可以嗎？」
「嗯。」
小幸笑著回答。
玲司翻了一下那本書。小幸愛書，雖然這本書看過幾十次，但只有書緣稍微有點痕跡而已，一定是非常珍惜這本書。
「那本書是讓小幸開始喜歡看書的契機吧。」

數補充說明。

「嗯。」

小幸開心地點頭。

「這麼重要的書……」

玲司凝視著小幸，她也直直回望著玲司。

「送禮物給追求夢想的人，就要送自己最重要的東西。因為追求夢想的人一定會有努力不下去的時候，很辛苦，很難受，必須衡量夢想和現實，然後做出選擇。那個時候，得到最重要的東西，人又可以再努力下去。知道自己不孤獨，有人替自己加油，就能獲得勇氣。小幸希望玲司哥哥加油，所以把這本書送給哥哥。」

「小幸——」

「因為玲司哥哥要是不加油的話，菜菜子姐姐就會很辛苦吧？」

小幸說的話讓大家都笑起來。

於是玲司走了。

幾個月後，流他們回到東京，收到了菜菜子的訃文。

那是一個猶如「風花」的雪一般，櫻花飛舞的春日。

手術之後菜菜子的身體雖然有好轉，但是移植還是有各種風險，移植的組織突然引發了排斥反應。重複動了手術，但身體卻日漸衰弱。發燒、嘔吐、令人難以忍受的藥物治療副作用，給菜菜子造成很大的負擔。

連菜菜子的爸媽都很驚訝是什麼支撐她到這個地步，一定是玲司那天說的一句話。

——**妳當了我的老婆。**

幾年後，玲司第五次參加了搞笑藝人大賽，終於取得優勝。

玲司帶著小幸送給他的小說，和翻閱得破破爛爛的《一百個問題》，站在菜菜子的墳前。菜菜子的墳墓位於靠近函館山外國人墓地，能夠展望海灣的高台上。

當玲司離開時，《一百個問題》留在墳前。

最後那一頁的後記應該是翻閱了無數次，字跡都模糊了，那一頁夾著某個東西。

是一個結婚戒指。

被玲司翻閱得破破爛爛的《如果明天就是世界末日的話？一百個問題。》的最後一頁後記寫的——

我覺得，人的死亡不能成為不幸的原因。

因為沒有人不會死亡。

要是死亡成為人不幸的原因，

那人就會變成是為了不幸才出生在這個世界上的。
絕對沒有這種事。
因為每個人一定是為了獲得幸福才出生的……

作者　時田由香里　筆

在回憶消逝之前

作　者　川口俊和 Toshikazu Kawaguchi
譯　者　丁世佳 Lorraine Ting
發行人　林隆奮 Frank Lin
社　長　蘇國林 Green Su

出版團隊
總編輯　葉怡慧 Carol Yeh
日文主編　許世璇 Kylie Hsu
企劃編輯　許世璇 Kylie Hsu
責任行銷　朱韻淑 Vina Ju
封面設計　許晉維 Jin Wei Hsu
內文排版　譚思敏 Emma Tan

行銷統籌
業務處長　吳宗庭 Tim Wu
業務主任　蘇倍生 Benson Su
業務專員　鍾依娟 Irina Chung
業務秘書　陳曉琪 Angel Chen
　　　　　莊皓雯 Gia Chuang

發行公司　精誠資訊股份有限公司　悅知文化
　　　　　105台北市松山區復興北路99號12樓
訂購專線　(02) 2719-8811
訂購傳真　(02) 2719-7980
專屬網址　http://www.delightpress.com.tw
悅知客服　cs@delightpress.com.tw
ISBN：978-957-8787-87-2
建議售價　新台幣360元
首版一刷　2019年02月
十五刷　2024年03月

國家圖書館出版品預行編目資料

在回憶消逝之前／川口俊和 著；丁世佳譯．
-- 初版．-- 臺北市：精誠資訊，2019.02
面；　公分
ISBN 978-957-8787-87-2（平裝）
861.57　　　　108001351

建議分類｜文學小說・翻譯文學

廣　告　回　信
平信、免貼郵票
台灣北區郵政管理局登記證
台北廣字第1531號

SYSTEX making it happen 精誠資訊 | dp 悅知文化 Delight Press

精誠公司悅知文化　收

105 台北市復興北路99號12樓

（請沿此虛線對折寄回）

雖然改變不了過去，未來也不可知，
仍有現在能做的事情，以及想傳達的心意。

dp 悅知文化 Delight Press

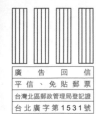

讀者回函

《在回憶消逝之前》

感謝您購買本書。為提供更好的服務，請撥冗回答下列問題，以做為我們日後改善的依據。

請將回函寄回台北市復興北路99號12樓（免貼郵票），悅知文化感謝您的支持與愛護！

姓名：________________ 性別：□男 □女 年齡：______ 歲

聯絡電話：(日)________________ (夜)________________

Email：________________________________

通訊地址：□□□-□□ ________________________________

學歷：□國中以下 □高中 □專科 □大學 □研究所 □研究所以上

職稱：□學生 □家管 □自由工作者 □一般職員 □中高階主管 □經營者 □其他________

平均每月購買幾本書：□4本以下 □4~10本 □10本~20本 □20本以上

- 您喜歡的閱讀類別？(可複選)

  □文學小說 □心靈勵志 □行銷商管 □藝術設計 □生活風格 □旅遊 □食譜 □其他________

- 請問您如何獲得閱讀資訊？(可複選)

  □悅知官網、社群、電子報 □書店文宣 □他人介紹 □團購管道

  媒體：□網路 □報紙 □雜誌 □廣播 □電視 □其他________

- 請問您在何處購買本書？

  實體書店：□誠品 □金石堂 □紀伊國屋 □其他________

  網路書店：□博客來 □金石堂 □誠品 □PCHome □讀冊 □其他________

- 購買本書的主要原因是？(單選)

  □工作或生活所需 □主題吸引 □親友推薦 □書封精美 □喜歡悅知 □喜歡作者 □行銷活動

  □有折扣______折 □媒體推薦________

- 您覺得本書的品質及內容如何？

  內容：□很好 □普通 □待加強 原因：________

  印刷：□很好 □普通 □待加強 原因：________

  價格：□偏高 □普通 □偏低 原因：________

- 請問您認識悅知文化嗎？(可複選)

  □第一次接觸 □購買過悅知其他書籍 □已加入悅知網站會員www.delightpress.com.tw □有訂閱悅知電子報

- 請問您是否瀏覽過悅知文化網站？ □是 □否

- 您願意收到我們發送的電子報，以得到更多書訊及優惠嗎？ □願意 □不願意

- 請問您對本書的綜合建議：________________

- 希望我們出版什麼類型的書：________________